《一棵樹》典藏書票

後來，我只顧著和自己的影子
捉迷藏 —— 這張泛黃的記憶，
就託在您腦海中寄放。

一棵樹

林彧 著

目錄

尋常

短歌

有病

思親

送行

懺情

隨想，或者所謂截句

代序

儆然有序？

商借靈光真亦假
穿針作嫁寧如啞
勞動輕雷費口舌
春風事後說瀟灑

承蒙友人看得起，邀我為她的新書作序。考慮了一天，婉言辭謝差事。

1. 序文乃功德文章，叩門之作，必由飽學之士或名家為之，雖在書前，實乃背書。我是山中草芥，無功無德亦無能，閒來曬曬日頭就好。

2. 穿針引線必須慧心巧手，為人作嫁卻不奪穿衣人光采。我窮酸成疾，少不得嚴詞峻語，如此，失去序文吹捧功能矣。（我不是說所有序文都有吹捧之嫌，但多數序文總是言過其實。）

3. 好文天成，一切創作出自真誠即可，何必旁人說媒？一篇序文寫得再周到，對作者而言，仍有隔靴之癢；對讀者來說，序文徵引再怎麼齊全，難免有誤導之疑，畢竟「詩心自用」啊。

4. 因此，閱讀一本書宜先跳過前言序文，直接面對文本，導讀、解析留到最後來驗證或呼應，豈不更好？

5. 好，此後，我的詩集就不再邀人作序了。這樣就不再有「事後春風」之譏了。

2018.07.02

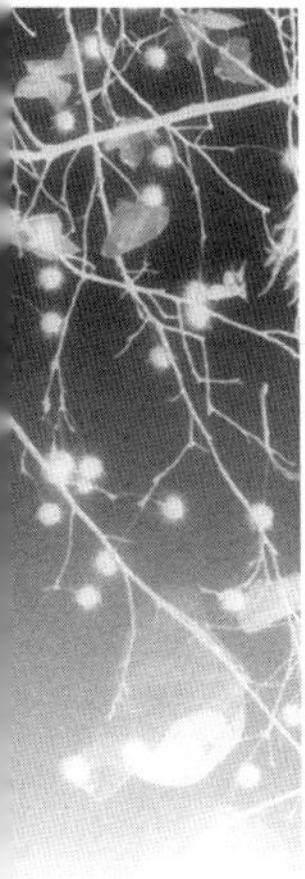

尋常

一棵樹

每個人的心中都要有一棵樹。
扭曲的樹。糾纏的樹。盤繞的樹。
每棵樹都要抽芽。開花。結果。凋落。
遮蔽著天空。篩落下無數光點。

每一棵樹都允以希望。夢想。幻滅。
每一棵樹都懸掛著癡昧。與清澄。
安置著疲憊的心。安置著喜悅的心。
每一棵樹都和每一棵樹有著距離。
互相支撐。互相搶奪。並且。互相孤立。

15 ．一棵樹

因為牢固不動。一棵樹遂被走出了許多小路。

墜落的。只是歲月。

老去的卻是不礙事的時間。

一棵樹。因你而生。

一棵樹。因你而死。

2012.09.14

黃昏剪影

野薑花趁著暮色未昏，
亮出清白，堅守著孤芳，
就在濁流的溪畔，濁流的溪畔。

狂風驟雨是昨天的事，
夕陽與彩虹只為此刻慶祝，
我尋找回家的路，回家的路。

天黑了，遠燈逐一點起，
陣陣歡歌傳自森林外的客邸，

我相信：沉默更壯麗，沉默更壯麗。

2012.08.03

尋獲舊稿

捷運不做任何分類
回家的搭著離家的肩膀
上班的，下班的，翹班的
都同在車廂裡，仰人鼻息
憂傷也在，雀躍也
在，都市的底層，穿織，伏流

（日子掛在牆釘上，像破外套一樣
疲憊，卻又理所當然地拖出長影。）

當冰冷的車門精準地夾起
模糊的人群中漂游過來一盞
溫馨的回眸，竟是三十年不見的
故人。外傭推著她走出閘門

2013.11.26

一直睡

一直睡。（夏，醒了）
一直睡。（咖啡香氣，蒸騰）
一直睡。（痲痺的右肢幻化成雲朵）
一直睡。（謾罵與指責如蕈菇，孳生）
一直睡。（妹妹邀我，去刻畫南方的太陽）
一直睡。（有人問：屁股長癬子怎麼辦）
一直睡。一直睡。一直睡。
（豪雨中的山上，有夢深深深千呎）
一直稅。（嚇醒了）

2017.06.06

夏午廚房

杯盤狼藉之後，沒他們的事了
殘局收拾，就另請高明吧

這是用餐之前必動的工具
長鋏用來煎肉，當油花嗶剝作響
他說：我來幫你翻身
又是另一面受煎熬了
平口鏟則是嬌嫩蔬菜的剋星
當他一陣翻攪，再青翠都要熟爛
至於麵杓，漏洞雖然很多

隨便一撈，湯水分離，就讓你赤條條
還有那紅酒開瓶器，一鑽，一轉
看你如何守口如瓶？也要誠實傾吐

他們都是火裡來火裡去的
熱炒高手；最快冷卻的也是
他們。一陣蒸騰後，就晾在牆上
清涼得　與世無干

2017.06.27

剛剛

地球在轉，雲在推移。剛剛
祖母總在石牆上。剛剛
渴嗎？還熱嗎？飄飄然了沒。剛剛
野柳岬是台灣北端最突出的海岬。剛剛
Our Day Will Come。剛剛
台灣黃欒是台灣黃戀。剛剛
攜書載酒枕河邊。剛剛
煙燻鳳爪終於出辣味。剛剛
努力清理一小塊更衣間。剛剛
謝謝大家的快樂分享。剛剛

馬麻：下午洗澡澡。剛剛
一個人的，窗內窗外。剛剛
下單超簡單，二十四小時到貨。剛剛
月色朦朧又照著難忘的鳳凰橋。剛剛
白晝之夜，柯P接「陳情書」有那麼難嗎。剛剛
秦時明月漢時關。剛剛
生活一向是
半是綠意
半是水。剛剛
回新竹享受天倫，是一種幸福。剛剛
昨天熟悉的味道。剛剛
你不能預先把點點滴滴串在一起。剛剛
。。。。。。。。。。。。。
剛剛，是那個在街轉角消失的
孩童嗎？他偷走了我的青春。剛剛

（翻開臉書，一則一則閱讀下去，沒多久，剛剛的訊息都成了過去。感謝各位幫我寫詩，秋天真是文字交媾，意象繁殖的季節啊！）

2017.10.08

此刻秋窗

倦遊歸來，我和風景
已經陌生四天了

方格的窗外，乳霧漫漶
簷上衰草倒垂，雀鳥緘默

有人從葉落的櫻樹下走過
用回音，在濃霧裡為旅程定位
我在二樓，披晾著含香的衣衫

回到舊日的秩序，與生活漸漸老去
一窗一江湖，唯有
赤松仍在，茫然中堅持著

20171021

心窗

冬窗與春窗
有什麼不一樣
都是滴著雨，纏人不放
霧氣披蒙紗巾在遊蕩

你的，我的後窗
有時視線擱淺，在遠山
有時心事隨落葉枯黃
有人諦聽歲月
有人穿過，模糊的憂傷

29 . 心窗

夏窗或秋窗都一樣
開了，多事
關了，也是幽夢一場

2017.11.26

大雪山無雪

白霧中綠色的木屋
黑水上紅色的楓葉

我知道，你要說的不只這些
旅人多情，大雪山無雪

白霧會有自己的歸路
紅葉順流，到了山溪就大安
你知道，我要說的不只這些

31 ．大雪山無雪

大雪山無雪，山中無歲月
你住在白霧中綠色的木屋
我帶走黑水上紅色的楓葉

2017.12.25

廢棄小學裡的大鼎

學童們都拍擊著翅膀
到山下，去覓食

拄杖坐在走廊外的草坪，老者
翻曬身影：鐘聲何時撞雲響噹噹

一群退休教師走進別人的故鄉
掃除著落葉，整修著回憶

每個來訪者都戮力煎炒夢想，在角落

被蜘絲牽吊的鐵鼎，張大口卻無言

2017.12.30

冬窗數發

坐在巴士的逃生窗旁
思緒沿著山路飛拋
冷漠的風景，被寒風撕成亂絲
發現：世界以我背道而馳

冉冉升起臥室的厚帘
冬日驅趕金毛鼠群，竄入我房
幾包檔案已遭啃嚙分食
發現：心事終究見不得光

我回想著那些人事物
昨天以前的都插上了翅膀
發現：記憶像銀杏葉
在玻璃外紛撒無法觸及的輝煌

我寫著長又長的書信
一筆一筆清算舊帳
發現：白紙上的墨字
正由雪地的鐵軌拖向北大荒

2018.01.15

夜半驟雨，天亮大晴

東坡肉啃了兩口
窗戶哭了，斟酒還須配樂嗎
松針和槭葉都噙著淚珠
墨色中爭著比肥瘦

山人何必為難山景
我打包酒菜，連同殘夢
就冷凍起來吧。將睡將醒
一翻身，日頭已把竹林擦乾淨

37 . 夜半驟雨，天亮大晴

經常都是這樣：肥了濕意
瘦了眠夢。東坡下雨
西山晴，今天何妨去東埔
泡泡溫泉，看花洗眼睛

（昨天才收現代農夫的伊媚兒，今晨他就要驅車前來溪頭接我。睜著惺忪之眼，收拾一下廚房，稍等就要去東埔泡溫泉了！呵呵～別太羨慕喔～）

2018.01.24

餘不一

經營現代果園的朋友來函
冬害無傷，梅花落盡
緋櫻、桃、李，正在萌苞
春日手指已在枝頭掙抓矣
匆此，餘不一
（他的意思是：下禮拜來玩）

以前，賣骨董家具的山東老伯
也曾寫來毛筆書，略謂：
兒女不長進，返鄉無望

又說：近得明式官椅
頗適擺放書房，宜書寫
餘不一。匆匆
（他又缺銀兩了，匯錢吧）

年輕時，好與溫婉女子交往
每有魚雁，例必文言
加餐飯，多添衣
屋外春貓春鳥爭鳴，不可理會
餘不一
（若敢移情，余不依）

近觀老美與朝鮮局勢
川普若用中文寫信
給金小胖：餘不一

（You Bullshit！看著辦吧！）

而右手逐漸甦醒的我
也寫下：餘不一
那也只是說：
就這樣囉，多談無益

2018.01.23

春日寫生

菅芒銳利的刀刃，切析著
東風細膩多脂的肌理
忘了凋謝的芒花推送過來
隔山桃李偷渡的初馨
微甜，輕酸，處子的氣息
後院櫻樹，雖則迎時綻開
面對鳥翼鼓動的野香
成串瓔珞，卻端莊如少婦

動也不動，是我的

心，原先還在雲端優游
絢麗的日光一琢磨，那些陰影
盪著鞦韆回到喧囂
人間，廚房裡的蔥蒜味正翻騰
頓時飢餓，不欲成仙了

大年初三，我所描繪的絕非是
春天的樣子。你知道

2018.02.18

三越大崙

我的窗外，櫻花正在道別
杜鵑眨著小眼睛，戲弄曼陀羅
白鼻心在銀杏的臂膀打盹

我的窗外，有旅人輕聲細說
微風掀動著，蒼翠竹葉的裙襬
溪水把日子拉扯得更細更長

一個人的春天，我的窗內
煩擾的夢魘被反覆摺疊

像囤積的衛生紙，準備拋售

我的窗外，波浪正在會議
半瘸半跛的影子，融入雲海
撐起七彩的夢想吧，踉蹌不礙出帆

（帶友登大崙歸來，寫首詩勵志一下，「三月大崙」卻打成：「三越大崙」，也好，既然要鼓舞自己，攀越總是好事。至於，窗戶在哪裡？在你我心裡。）

2018.03.01

雜花生樹

一棵樹不會只為開一朵花
而存在。驕陽下，櫻花
張望著，櫻花千朵萬朵
雕塑著。一棵樹網羅整個春天

無所謂地，開開落落
許諾凋謝，快過時光之翼
絢爛，也是幾天或一季的事
拂拂肩膀，旅人穿走春風

你依然，堅持著，歡喜開花的
樹，在窪谷，冒芽，吐萌，含苞
一蕊，二蕊，三蕊…………
點爆遊園者淺短的目光

（大年初五，櫻花在後院，盛開，滿天的許諾與祝福。莫負春光，黃昏時，應該來沐浴。）

2018.02.20

山居數獨

在每個空格中填下
不同的文字，有意義，不重複
白天，窗裡塗滿陽光
黑夜，一顆一顆填上星星

我在玻璃上呵氣
每段跳動的時光裡，我填寫
幾個有憂有喜的姓名
一有瓜葛，便刪除悲愁者

那些推敲不出情節的
就擺著椅子聽候
春風會將故事吹來，落座
模糊者且放他走過

獨居山中，這是必要的遊戲
要先學會如何讀取記憶
是非橫直，都要清醒割捨
否則，又是霧茫茫的一片了

（昨天黃昏，山上下了暴雨，晚上好睡極了。今早醒來，填了幾張數獨，等天亮後再外出散步復健。太陽出來了，我該穿鞋出門去。）

2018.03.05

行道

苦楝樹下都是苦戀人
相思花開令人空相思
銅鈴敲不出聲響
鳳凰沒有翅膀
青榕太陰，椰葉砸人會痛
櫻花媚日，檳榔有夠聳
合歡讓我們夜夜春宵
垂楊旁，男人都倒陽

我們的城市，我們的行道樹

用它來種什麼
種桃種李，種春風
春風別激動，我們比你更放蕩
就算燃燒最乾淨的煤炭
我們的心靈跟肺部一樣髒
銀杏野百合都有：淫性野合的意涵

（為了城市的行道樹，中部吵成一團。害我今早出門散步，都不曉得要走在哪一旁，松樹下會太鬆？楓樹下會發瘋？隨便走一圈，還是喝完牛奶，睡回籠覺比較實在吧。）

2018.03.08

遠路山村兩首

愚人探春

你們盡情搜刮吧
濃霧已經填滿了空山

旅人啊，霧散之日
你們回到山下各自的
窩，讀取記憶，整理電子圖檔

只剩春風陪我在高處

翻閱：流水匯合的紅塵

醉漢走路

貓不喝酒，貓走開
狗不喝酒，狗走開
老鼠也不喝酒，老鼠
去睡吧

山村的後門還沒關上
我要爬上屋頂
啃噬蛀蝕的月光

2018.04.03

我的黃昏

——回謝吳鳴賜贈稿紙與毛筆

我的黃昏是野薑花染白的
當夕陽滾落海岸的襟裳
胸腔裡的山河，洋溢馨香
視野便無限伸長
到達最遙遠的地平線
喜愛與怨恨，全都脫繮

我的黃昏從不安分靜躺
有些線條，幾隻雀鳥停駐
有些微塵撒在屋瓦，散發餘光

思念是一回事，多數是玄想
當我逐一用文字疊放
瞧瞧，我的心路，出格，跨行

我的黃昏，和你的一樣
送走喧囂，迎來星光
鑽進廚房，準備單人晚餐
蒜白，蔥青，茄紅，金瓜黃
雲霞畫了神祕彩影在天上
呵呵，那是狼毫，右手復健的枴杖

（今天接獲老友吳鳴寄來三刀稿紙，以及一枝中鋒狼毫。稿紙用來寫詩，可是我的字體怎麼也塞不進那公寓似的格子中；至於毛筆，則是一位老前輩的建議：懸臂練字可以復健右手。無物投桃，以詩回謝，吳鳴用心。）

2018.04.11

一日所綴

01.

當你睜眼，黑暗撤退
在被褥凌亂的床上，殘夢
四散。悲喜該如何收拾
喚醒世界，是你的責任嗎

02.

在無數個夢境裡，你
不斷與死神擦身而過
就算你長眠不起

窗外的鳥聲仍然長短鳴唱
嶺上白雲厚得像慶生的蛋糕

03.

近午時分，為了論斷是非，你恍惚
喝完一杯黑咖啡
全部都妥協了
記憶仍可在悲涼的邊界
奔跑。你赤裸，與未來周旋

04.

媽祖坐在神鑾上，被搖晃
玉山躲在雲霧後，被搖晃
政客與神棍，不斷踩著
地震帶。台灣被搖晃

05.

雨，下在高山的稜線上
雨，捶打著，茶園果園和民宿
雨，流經荒村與亂城
雨，溜入海峽，去戲浪
雨從來不在島上稍作停留

06.

他們一直握手下去
他們一直握著陌生的手
他們一直握住不懷好意的手
他們一直握不到
有溫度，會憤怒的手

07.

日子是條狡猾的
魚，在我的踝骨間
穿來，梭去
我可不想為了
豢養疲乏，去添購水族箱

08.

雷雨中的黃昏
喝碗豚骨春筍湯
可以止辯

（今昨兩日下午都是雷雨，我拿著稿紙走到哪寫到哪。沒甚麼野心或企圖，就是打發日子而已。）

2018.04.24

夏午茶

片刻雷聲，敲啄幾響玻璃窗
試鞋後，驟雨脫扔松葉
垂掛在樹枝上，是旅人的絮語
屋簷的殘滴，長短腳在撩動

我們喝著夏午
茶，總要配上一碟閒話
分分合合的軼事，讓草叢裡的
野蟬，打起綿綿的呵欠

發條鬆弛的壁鐘
指針仍按在去年冬天的
脈搏上：17:35。我想午睡了
關好晚霞，你就可以離去

2018.05.25

起風了

風在火之後，招搖
一煽就是：妒火怒火無名火
火會吞噬，火會拆解
這個早就失序的世界

風，引領著水
一洩千里的禍水口水與淚水
水會噴湧，水會淹沒
我們難以洗濯的人類

起風了，只是
風從來不肯直直地吹

（度孤起來，世界並不因我短暫的美夢而改變。）

2018.05.30

。。。。繼續閱讀／夏日行吟

微風靜悄悄地吹過原野
驟雨，來到水邊就戛然而止
藍腹鷴叼走童年，隱匿林間
。。。。繼續閱讀

十七歲，開始登高的青春
猙獰與美麗並存，於怪夢中
滾燙六十二年的欲望，是座歇火山
。。。。繼續閱讀

關於愛情，未曾飽饜
關於友誼，始於酒席，終於黎明
關於名利，如簷下竹鈴
。。。。繼續閱讀

無所謂快不快樂，無所謂
悲不悲傷，無所謂
早課之後，夜深獨敲磬音
。。。。繼續閱讀

我們編串殘念，我們蒐集斷片
記憶從來是個深淵
跳下去，升騰一陣輕煙
。。。。繼續閱讀

或有恐懼，或有憂思
你我不如玩耍鐵圈的稚子
轉過街角，只聞風嗚嘶嘶
。。。。繼續閱讀

嘲訕吧，譏諷吧
盡情盡興地吐口水
你所詈指的罪狀，都歸自己
。。。。繼續閱讀

乾雷在霧霾上挪動桌椅
和夏陽開完冗長的會議後
決定：不在薄倖之地哭泣
。。。。繼續閱讀

戰爭終了，和平也結束
物價飛漲，人心卻跌落
不想拉鋸，幾行短句折磨你
。。。。繼續閱讀
。。。。繼續閱讀
。。。。繼續閱讀

2018.06.02

好了

好了，川普和金小胖終於握手
世界的履帶咿呀向前行；好了
技術員把我的新電視轉回七彩
好了，繽紛的畫面貧脊的節目

取出十元硬幣，舊洗衣機扭動
哀樂如平日，輪迭脫水；好了
把手機裡的心卡擦拭後，擺正
好了，喜訊惡耗再也無法拒接

我把被咖啡潑濕的鍵盤弄乾後
好了，被遺忘的訊息一一撿回
有些簡單回覆，有些照舊忽略
好了，我仍只能用左手慢慢敲

好了，西南嶺頭的烏雲在集結
雨陣即將列隊襲擊枯島，好了
陳抗者繼續陳抗，愛哪面旗幟
就舉那面！好了，我繼續賣茶

2018.06.12

大雨

大雨滂沱，落在我困頓的世界
香蕉摔降荔枝摔降鳳梨
摔降，摔降再摔降。大雨
潑野，雲霧霖霾霪霹靂。大雨
撒豆，滂滂沱沱滂滂沱。大雨
不符規則的韻腳，踢痛了我右肢
左手指隨著雷電控訴，敲打
政客的口水，農人的汗水與淚水
是的，我寫的是：濕

2018.06.14

青葱箋

昔時，長輩賜函
總在信末加綴：
匆此
（央人寄出後，他或她
喝起蓋杯茶，微盹，打發長日）

怡居鄉間十二年
中風後，才甘願蒔花種草
村婦送我幾把蔬菜
凡有根鬚都可埋入土內

71 . 青葱箋

定時給水，它就獨力成長
不用晨昏定省，葱耳不聞
一截青白，無畏露出時
單人晚餐便增添一道風味

我在黃昏的窗口
剪裁夕陽，或撥算細雨
突然想寫首晚安詩
給你。葱此

2018.06.15

夏日幽草

澗邊的幽草，隨風搖擺
慰留不住抽腿的斜陽
兩岸蟬聲隔水拉鋸
山溪挾持著野薑
花香，奔赴墨色

歸來十二年，我的鄉愁呢
見證的都是，流逝
回復的，只有幻影
若有憂思，也是草草了事

入夜，遠燈在深霧中，明滅

（這首新詩原是脫自昨晚所寫的古詩，剛剛上樓晾完衣服後，在稿紙堆中尋獲，補綴於此：

斜暉未肯駐，幽草澗邊生；
山溪盪野氣，蟬嘒鬧荒城。
歸鄉十二載，幻影如天星；
憂思暫或忘，明滅霧中燈。）

2018.06.25.

蝸居

我無
所謂，只能踱步
斗室之內，我無所
偽：長日已盡，夜梟
四鳴。我無所為
與世同病；我無所為
與時俱老；我無所為
星光為我擦亮
滿天詩句，我，無，所，畏

2018.06.27

喔！瑪莉亞

民宿的耶拉忙著收拾床單
順手把陽光摺疊起來，關進鐵欄杆
她說，瑪莉亞要來啦
瑪莉亞壞壞，瑪莉亞不乖乖

垂頭的稻穗無處躲藏
鮮豔的火龍也準備失血
瑪莉亞愛怎麼踢就怎麼踢
一腳一顆算什麼？鳳梨西瓜如山

政客穿起背心爭搶鏡頭放閃
愛搔頭的市長該怎麼辦就怎麼辦
反正我們口水多過雨水
大家只在乎颱風天不用上班

瑪莉亞在海上，摩拳擦掌
瑪莉亞提裙揚腳來叩關
瑪莉亞就要ＰＫ台灣

2018.07.09

破布子

我們乘著嬰兒潮
搶灘，在戰後，味蕾殘存著
重鹹，以及淡而銷魂的
苦澀，舌尖不時翻湧海浪之味

煙硝距離不遠，但嗆不到鼻孔
恐懼的刺網，鞏固了突圍的信念
在棍棒與飼料齊下的豬圈中
我們暗舔夢想，假裝快樂
長大，長大，長大的是

那陰影，一一戳破成泡影

當熟透，洗淨，粒粒咀嚼後
六十就動搖的齒間牙縫，沁出的
仍是淚汁，仍是苦水
就算錦衣玉食多時
依舊警告自己是
破布之子啊

（老友柯焜耀之弟柯添貴自水里宅配給我十碗破布子，一直捨不得吃。這種鄉愁之味，吃一碗就少一碗啊！昨晚本想煎一片與兒子分享，但他寧可吃洋芋片也不碰這種古董食物。）

2018.07.16

昏影

夏蟬嚇禪，黃昏窗旁
失速的晚風，送來幾張
模糊的影像，要我用心審樣

五彩紅塵黏著劑，瓶口的
露珠；被月芽垂釣的
擎天屋簷；鼙鼓上疲憊振動的
蜻蜓薄翼；廢五金荒原邊
斜躺的拖把；童年就斷弦的
烏克麗麗；以及抽咽的水流聲

一棵樹．80

得獎的是：街頭花攤
桌角偷眠的老婦

2018.07.19

日頭花先開

花木從來都向陽
只有高人一等的最異常
不用號角，就讓蜂蝶起床

光明與黑暗永遠在交戰
唯他昂然撐出驕傲的金黃
真正的鬥士才敢自佩胸章

可以走進肅穆的神壇
可以綴在美女的黑髮上

哪種植物可以如此莊重又浪漫

當她爭豔，她是河道的邊框
當他粉身，散入人家或廠房
成為景致；成為食油；成為酒漿

有時低頭，有時垂下肩膀
如果一丈菊善於等待
日輪草就不輕易放棄希望

問我：陰雨綿綿，怎麼辦
向日葵早把太陽掛在臉上
全世界的眼球都要繞著他轉

2018.07.27

那年，去淡水

彼時，去淡水是搖晃的
黃綠的稻田在發亮的鐵軌旁，盪漾
海鷗啼叫，從記憶的窗格，穿進穿出

當捷運無聲闖過關渡
七彩氣球自鄞山寺的飛簷上升騰
古風在重建街踱步，轉個彎就是摩鐵

觀音隔岸八里，仍在觀暮色，觀過帆
不遠千里而來的異鄉人隨候鳥飛離

只有馬偕醫師的銅像落錨於此

而我，從濁水啟程，經過清水休息
到淡水，瞳孔被黃昏的海水淹沒
浪潮卻把視野沖刷得更寬闊，更遼遠

（新北市年度文學專書《詩說新北》編輯邀稿，我選擇了淡水，遂把舊稿整理後寄出。啊，我已經兩年沒去淡水，那個蒙著薄薄面紗的小鎮……）

2018.08.09

單獨生活戶

單獨生活有何不妥
灌溉一顆星球就明亮一輩子
懂得水電便守護一座城堡

生活再容易不過，只要睜開眼睛
就看穿生死的廊道，從那裡到這裡
誰不都是單獨地來，單獨地去

稿費單薄，搶報所得稅，比誰都誠實
小器而且潔癖，不在床單上留下餅乾屑

蟑螂因此舉家逃離

守候陽光，收到陰雨
衣服晾曬到下一個世紀
破褲管足以應付無聊的交際

對於仇家只記得：他挖鼻孔的美德
談到愛情，全都是舊書裡夾藏的乾燥花
悲傷與快樂，在清醒時，等長，等距

單獨生活，只要照顧好呼吸
炒自己的凍蒜，做自己的飼長
那些政客的政見，就嗤之以，屁

（男性，單身，失業，缺乏親密友人……天龍國的市長候選人之一提醒，具有以上這些特質的人會影響社會治安。我三十六歲才結婚，六十歲離婚；婚前還寫過詩集《單身日記》，母亡後，戶口名簿上還被登記成：單獨生活戶。不知道我「獨害」這麼久，真是慚愧啊！）

2018.08.15

陰雨牽牛

晴天突然與我的窗口斷交
肥胖的雲朵在遠山，被肢解
滿街遊客搶著回家去攻略延禧
紅藍綠橘白的花傘喧囂盛開
有人去澎湖，有人直播她的禱告
閒翻臉書，也只隨雨滴點讚

怎麼啦這世間？在夢的厚繭中
身邊蔓生著任由挪用的
憂歡悲喜，卻一介不取

——我因窮困，而富足了

2018.08.22

秋光嶙峋

秋光只是黃昏的流動攤販
晾幾把營養不良的斜陽
分送幾絲若有似無的涼意
聽到樹上寒蟬的哨聲
早熟的槭葉，繃紅著小臉說
我們不賣了，你早點關好門窗
推走一車子乾癟的浮雲
留下還在掙扎的蔓藤
鐵青的瞳孔，在霧面玻璃外
窺視著：我尚未開演的冬之夢

秋光在窗櫺留言
要吵要鬧，都是人間閒事

2018.09.05

夢迴木柵

那個黏附在大都會小腳趾的
地方，比我的鄉下還鄉下
紅綠燈可有可無地在微雨路口閃熾
我去那裡栽種有翅膀的夢想
在時陰時晴的天空下，開墾青春

街角更換輪胎的，是鹿谷國中的學長
郵局裡，竹山的同鄉揮汗為我刷著存摺
兒子小學的對面，九十元快剃的夫妻
我們都出生在六十年前車軌寮的中正路上

在異鄉，我們相認，憑著一口溫軟的鄉音

永遠喝不慣的文山包種茶，還我凍頂烏龍
永遠抓不到貓的貓空，散步無止境
樟山寺的晚課鼓音，在我詩句間迴盪
兒女陪我逛開元菜市場，走過他們的童年
臨老返鄉卻驚覺：我永遠與深坑為鄰

夢，是記憶的深坑，水聲嘈嘈
用彩虹的吸管，去吸汲那些七彩吧
夢，是不著陸的蜜蜂，搜尋著
花朵，只要一沾惹，就打翻月光般的甜液
夢迴木柵，在故鄉思念著異鄉的異香

2018.09.17

說夢

我夢中的
街道，狹窄，彎曲，一路順暢
能讓每雙鴿翼緩緩垂降
我可以在濃蔭下陪著自己喝茶

我夢中的
你，安靜的瓷杯
舉起，放下，心事就空了
晚風在窗格間，穿進，穿出

我夢中的
詩集，鉛字不用印墨
時隱，時現，在模糊的歲月上
意象鮮明，一座芳香的花園

我夢中的
夢，簡潔，無惑，似青蓮初綻
只一瞬，這瓣開，那瓣落
悲喜都不礙，真實世界繼續行走

2018.09.18

我的書房

這是我的書房，我的國，我當王
閉門嚼食雨聲，開窗收割陽光

每天在這裡，我和自己角力
每一分，每一秒，我們都在革命
今天推翻昨天；明天將改寫現在
分裂得很嚴重，外表完整無比
嘴角的快帆隨處開河，卻不駛經腦海
右手的剪刀不能交給塗漿糊的左手
左腳要去流浪，右腳凝成木樁

97．我的書房

我熱愛的書籍，得來不易卻四處散放
卡拉馬佐夫兄弟們老是作弄著白癡
讀到燙眼的字句，詩人已經死亡
是的，我習慣牽著滑鼠
潛入虛擬世界，成就私心的統治欲望
是的，我的手指頭早被鍵盤綁架
敲出美麗的字串，敲詐無辜的讚

是的，這是我的國，我當王
我是永遠的執政者
我是自己忠誠的反對黨
我不披掛任何候選人的衣裳
在自己的國度，有屁就放

2018.11.28

冬日山廚

午後的陽光，轟然
擠進山廚，照見我的日常
魚油，葉黃素，維他命
久無體溫、酒漬的木椅
以及陰影拉出的老友死訊

我依序吞落五顏六色的藥丸
寬容看待獨居者的餐桌
水杯，碗盤，雜亂得很平凡
偶有鳥啼刺破紗窗

便把簡單的心思塞滿

2018.12.04

日常

樹，合歡於雲間
草，含羞在牆角

生活如此老派
一整個早上鎖緊馬桶的出水孔
打開下午的明窗，袒胸面對生命
因奢侈，而有些愧疚

風雲在合歡樹的羽葉間川流
含羞草仍是，一觸即縮

2018.12.19

冬日草書

屏蔽外的世界
鳥聲打結，雲朵逃逸
枯葦正霑著陽光練字

那是米顛蠻橫的大外割
也有周夢蝶似斷非斷的心緒
黃州惠州儋州一路流轉的蘇東坡
至於沉鬱的黑墨向左
當是臺靜農酒後隨意一磔

我在窗簾前，怔愣觀賞
日影的書藝。遺恨與憾事
就此，草，草，打，發

2018.12.20

Sunshine on my shoulders

櫻花攀上枝頭，也是綻放的開始
風雲白在你袖中，任意抖動吧
漫天織錦，隨妳取用

二十四年前，有個紅嬰，啼響
二十四花信，有棵紅櫻，萌苞
都在冬至的前一天，爆發

冬至，不正是春暖的探測棒？
以涼冽的陽光，垂置在我肩膀上

負擔不重，穎葉本就是枯枝的驕傲
讓美麗怒放，讓智慧抽長
蜿蜒的路上，父女同行作伴
妳的青春，我的勳章

（今天十二月二十一日是我女鵝的二十四歲生日，陽光普照，早櫻盛開，寫首詩為她慶生。明天的湯圓，今晚提前開吃。耶～）

2018.12.21

日光萎凋／告別二〇一八

你聽不見時間墜落的聲音
所以雪降了；所以葉黃了
降雪，旅人的離去就沒有淚珠
黃葉可以覆育春天的種籽
日光讓你的夢想變淺，變薄

浮潛在記憶的暗礁海域上
青春騎著白鯨，乘浪而去
棲泊過的港口，個個都是幻泡
奇遇太多，以致無從選擇

野心龐雜，翅膀展不開航圖

坐到你破舊的搖搖椅吧
告別日光，仍可摘取星月果腹
在下坡的回家路上，燈火也晃晃
草蟲交響如雷，你依稀
聽見生命的鬚根不斷，抽長

2018.12.27

一家人相視而笑

每一次大門開啟
驚呼尖叫便撲向來客
天寒，宜飲凍頂烏龍老茶
小小蛋糕就是熱熱的圓心

一家人相視而笑
每雙鴿翼興奮地鼓動
七彩氣球，飽脹無皺紋的臉蛋
燭花在茶香中盛開

一家人相視而笑
歡聚，猶如歷劫歸來
跨年之夜，靜觀老照片
心黏著舊歲的脈跳

（跨年之夜，如常。煮了一鍋番茄蘿蔔香菇湯，食畢，照例度孤打呼起來。醒後，倒了五十ＣＣ高粱，燈下整理舊照，看著二〇一三年先母八十五歲時的生日寫真，小啜一口陳醪，不禁想起袁枚的句子：「一家人相視而笑」。今天二〇一九元旦，便把昨晚的感觸寫成小詩。）

2019.01.01

年初網購

勾選：免煩惱
一星期藥物分類盒
電商提問；需要尿壺嗎
勾選：莫求人
長臂刷背器。防滑墊呢

勾選：豬事如意
十二道團圓年菜，加贈兩包
幸福甜點。無法依指定日期出貨
滑鼠被驅使，在網路鑽進鑽出

忙碌嗅聞：亂竄的鄉愁滋味

是的，我網購，我預約了一些
期盼。請宅配明天到我家

（新年到，農曆過年也近了。於是網購了一些生活用品，也買了些醫護器具，沒想到電子商店卻熱心地推薦其他商品：護膝、穿襪輔助器、白髮族專用鈣片……我只是生病，別人卻和我討論「老」。

後來，又各花了兩千二、六百五買了自己的處男詩集《夢要去旅行》的首版與再版。（三十五年前，一本定價才八十元啊！）也好，至少感覺贖回了一點青春。）

2019.01.02

懶

懶得理會灰鬢能否通過浴鏡的
人臉辨識；懶得翻閱
啼笑洶湧的臉書；懶得剁開
眨紅眼的訊息通知；懶得聽見
電視新聞裡的雞雞鴨鴨
懶得與輝煌的煙火喋喋不休
懶得開機，懶得交談，懶得聚會

因為懶，才可以
隨赤松林後那堆雲朵，自在地

散步，拍拍棉絮，撣撣塵埃
拿著春雨的細針，縫補花花草草

因為懶，舊歲的門聯不用刷下
留著過去，繼續美好
陽光與陰影互相映照，我和你
一起偷懶，一起偷偷地老

2019.3.04

隔牆花

春天遞來金黃的麥克風
問我：溫差與人情的冷暖
春天是敏銳的心律探測器
我的脈跳在織錦中劇烈波動

隔牆有眼，看見老松偷抹胭紅
隔牆有耳，聽到幼鳥拍翅摔落草叢
隔牆有鼻，聞出雲霧愛戀的氣息
隔牆有舌，請嘗嘗月光酒精是淡是濃

無法出遊。出牆的
是我的心

2019.03.18

我的兩蕊目珠／編輯台歲月

我的兩蕊目珠，明如珍珠時
在稿紙的格子間，滾動
從倉促的筆畫裡補捉
幾行淚滴和血漬
數學教授如無言杜鵑，被墜樓
老兵奪門跳河，濁浪也洗不清
我的目珠滑行過的懸案無數
烙印在眼瞼的是驚嘆、疑問號

我的兩蕊目珠，跳躍到壯年

在大人物筆挺的西裝上尋找肩膀
在藝人與文人的腰身體會風中楊柳
一片華紋麗藻，花香飄飄
我的目珠放出皮鞭
暗抽幾下帶刺的標題

我的兩蕊目珠，點數過
霧般的愛情、謎樣的花園
鈔票堆成的洋房
泡沫聚疊的宣言
來到暮年的岸邊，我的目珠
送別海上的蜃樓

我的兩蕊目珠，迎接夕陽
眼翳令閒人的多半時光，半睜半閉

九顆太陽隨便輪轉
一粒月亮跟著醉漢走
編輯過太多人間的荒誕
臨老，聽聞阿爾卑斯移山到不丹
我的目珠，瞬間發亮
因此擁有傻傻的幸福感

2019.03.23

單身酒

春日之飲，只用老花眼
模糊而溫暖的天地間
杜鵑，花
開了；紫鳶
花開了；孤挺，花
開了；苦楝、木棉，還有
朝顏。一片織錦不讓你
醉。因為百合在野外齊唱：
一個人喝酒多寂寞

2019.03.30

我不

我不參加社團，沒有黨派
群鳥同向飛翔，我寧可鎩羽

我不當眾朗誦自己，在座談會上
蹧蹋別人的生命，我不幹

將來，我也打算
不出席他人為我舉辦的告別式

2019.03.31

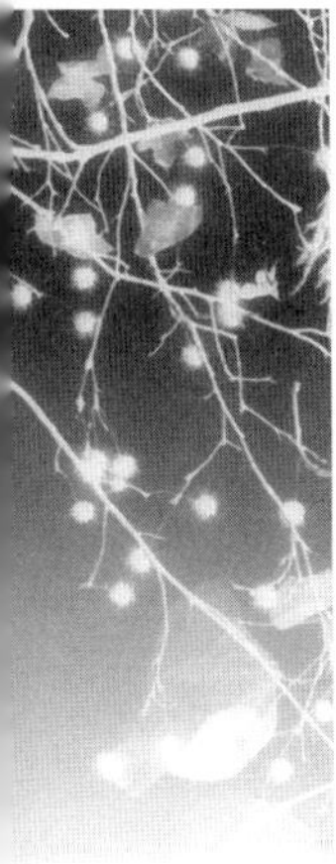

短歌

年終

沒賣茶時，我沖泡吊耳咖啡
清醒數算著　山，窮，水，盡
不能喝酒了，我繼續
寫詩，一字一句，灌醉自己

2016.12.18

清晨

窗戶才開到一半
鳥聲已經解散

初夏的毛玻璃外
菅芒披著薄霧吋吋抽長

微明前，我和路燈有過曖昧片段
暗夜，幸不幸福？不歸我管

2017.04.23

黃昏登高

某天黃昏，在大崙山上
野風挑弄著，飄盪的衣裳

朝西，向海峽一望
夕陽正在推滾火紅輪框

青春，一絲，一縷
被晚霞編織成華麗的眠床

璀璨過了？你說，不

我們還有稿紙可以部署星光

2017.04.28

兩張，一張

我們有兩張
臉，一張用來陪笑
一張總是哭著
向昨天索討尊嚴

我有一張
夢，當一面被烤出金黃
翻個身，另一面發送
囈語：下輩子不當燒餅了

2017.05.15

夏日黃昏

黃昏說，你來
赤松將我攬入
她的蔭影。那裡
我和旅人交換
匆忙的眼神

是的，都是過客
我何不將暮色釘牢
在夏夜，自甘於寂寥

2017.05.17

轟隆夏夜

雨停了。世界
安靜在煞車檔上
心的引擎仍咆嘯
不止，與溪聲激辯

2017.06.04

六月隨想

朋友比敵人消失得快
含苞的總是先離枝

若有一小片陽光垂臨
烏雲也飛來奪食

我們因飢餓而清醒
在孤寂中倖存

2017.06.16

繭居

摸黑，容易沾惹星光
深夜獨行的人，都在寫詩

雖說八風只能繞身迴轉
蚊翅鼓動熱空氣，你仍一掌拍下

當你鞏固自己成繭
抽絲，便是別人的事了

（寫給繭居的男人：讀經，吃齋，持戒。都很好，但是偶而也要探出頭來跟吵雜的

世界打招呼啊～）

2017.09.19

餓醒

餓，醒了
你暖烘烘的夢，給我
咬一口吧
弦月滲出鵝黃蛋汁

2017.10.27

留影

春天，到此一遊
冬天到此，一遊

在石壁上，大家努力
塗抹，好讓時間記住
如同我：在空中，鑿字

一般遊客

你我
都是

2017 11.22

歲末兩首

曬太陽

日光當然有重量
壓得楓葉臉紅嬌喘
銅亮的牛油，煎炙著
銀杏已經酥黃，而底層呢

遍野青森森的咬人貓
急呼：窮人翻身
我於是乖乖地曝起背脊

大拍賣

想當一個起碼的
痞子？你我都不夠格
這年代，政客比鬼多

拍賣，點鈔的是他們
跳樓的，是我們

2017.12.23

片段

人生不像電影
字幕會拖著情節
演活你的眼睛

省省吧，這些
字句，我再怎麼拉扯
世界仍在鏡頭外，自動播放

2018.03.14

清明之晨

新抽的菅芒葉
利過刀刃，一揮
春風縮腰，夏日就來壓頂

我們這個塵世，缺的是
如此決斷的節氣
只有草率搖擺，難見清明

2018.04.05

夏雨

夏天殷勤地播撒熱情
竹藪裡，一窩樹蛙在交談
松枝間，兩隻幼蟬拉動琴弓
我躲到綠染的涼亭下
聽雷，喝茶，什麼事也沒做

2018.04.14

夏夕兩首

要犯

人間已用遺忘
槍決了他們
唯，歲月仍在
風雨飄搖中，四處通緝

偉人

呼完口號，偉人睡前也要
上廁所。如果忘了
沖馬桶，他的殘留物
或者殘念，可以釀成蜜汁嗎

2018.04.17

童年讀取兩首

冰箱

不插電

蒸雞、醃豬肉、灌腸，放心
拿出來，父母的愛不冷藏

插電後

凍凍果、雞絲麵、養樂多，通通
搜刮一空，爭食的童年
在那鐵箱裡，沒有過期的煩惱

收音

奔竄過綿延百里紫色的
藿香薊荒田，一座又一座的
鋼搭電塔，爬登到千尺的
深山中，黯褐柚木外殼的
拉幾喔放送出來輕快的
手風琴聲，竟然沒有氣喘吁吁

（夏天是回味童年的季節。昨晚掃描謝省躬神父的老照片，我又落足往昔的漩渦中。印象最深的是：不插電的電冰箱！為了省電，鄉下少數有電冰箱的人家，總是在入夜後把冰箱的插頭拔下，日升之後再插電。）

2018.04.18

穀雨前外一首

醒來就又睡著
要怪這真實人生
怎麼跟昨晚的夢境一樣
光怪陸離，卻是
與我無關，也無傷

時事

潮退了，沙灘即成邊緣
那幾行歪歪斜斜的
鞋印，欲。走。還。留

2018.04.19

晨起兩首

雲翼

我的翅膀在空中
你的清夢，被我擊碎了
塵世的愛比飛翔困難
喏，稍等還你朗朗晴日

快騎

不發動的機車很寂寞
沒有座騎的人是無能的
我只能靠心奔馳
在想像中，咆嘯著引擎

2018.04.23

你的寂寞正在盛開

從四月蜿蜒到五月
油桐灑雪，遠飄山澗邊
在荒廢的枕木庫房旁
五分車追不上提燈的螢火

但是你的寂寞
　　正在盛開
我便將滿山的月光搬了回來

2018.04.28

交會

除了倉促的身影
放心，歷史不會太過細膩
翻過頁，他們只在乎新的情節
鏡頭與椅子，留給未來者

至於，我們的喘息，或歡呼聲
風一吹，就都散了

2018.04.29

流螢之夜

遊戲會結束
每個小孩都要回家去
星星啊請闔眼
我不想讓你窺見
瑰麗而私祕的夢境

2018.05.04

夏日山門二首

少女誦經

南風繫著鈴聲，碎步過穿堂
深坑晴日，樹影躡足牆角
「是諸眾鳥，晝夜六時，出和雅音……」
我願化成裙襬微動下的
一朵藿香薊，點頭頻頻

壯漢禮佛

跨過山門，你的日子
都將香醇莊重，那一粒一粒
晶閃的，佛陀額上的光
烈日中，你頸背上無言的
汗珠，成串也成禪

2018.05.07

夏木

你的呼吸是
綠色的，生長在高山的陽光
沿著陰暗的思緒
曲折而緩慢，向上攀爬
每逢雨霧，我仆跪
君前，因為你繁枝多晴

2018.05.26

脫殼

課堂在一節一節的鐘聲下開啟
竹林滿是戴著黃帽的小學童

一夜山雨，歲月無語
脫殼如脫帽，節節敗退的我
驀醒：筍子與孩子都成材了

（「拔，我搭車去台中囉！」早上九點半，兒子叩我寢門。青春的行囊跳躍下樓，轉個彎，就不見人影了。我急忙開窗，想從二樓窺探車站，一片綠意已遮住我的視線——新竹蔚然抽長，跟我的兒子一樣快速啊。十二年前才攜他嫩手上小學，今年九月就要讀大學了。）

2018.05.28

暗雨

銀矢。琉璃鏢。我靜坐。
滴咕著。茅簷。鴿眼轉動。
拍翅疾飛。旅客的鞋聲。

山溪懷孕了
就讓喜悅隨著雷電放流
到山下，澆熄紅塵的怨火

2018.06.05

壞了

電視螢幕壞了；燈管、洗衣機
壞了；電話、手機和鍵盤
壞了；發光發話、洗淨的
都壞了：眼耳鼻舌身

天氣壞了，山上開始飄雨
身體壞了，咳嗽不止
人心壞了，不是
掉幾滴無助的淚水就，算了

2018.6.09

另行

校對，地方記者，雜誌編輯
風中賣茶，母亡，婚變，爬梯復健
關鍵字總在關鍵處，折斷另起
無法一氣呵成的風景啊。你怎知
轉行之後
又是一番風起雲湧了

2018.06.21

詩出無明

脫窗

奪框而出的妄念，不斷
拍翅。被縛綁的視窗裡，仍有
不甘願，在眼眶中打轉

驟雨

長毛刷在作畫，窗景上
倏忽幾筆，人間
恩怨，都讓霧氣收拾了

糾蟬

沉默十七年，才在綠夏發聲
赤松樹上的烏蟬，向我
告白。別把黃昏拉得太長

山路

一路攀爬的足印，慌亂
登頂，夕陽已經下班
我們的歷程有勞星圖訂正

2018.06.30

暑氣三首

淅瀝

夏雨寫了太濃的情詩
短暫得讓我瑟縮
因悲傷，而亢奮

加非

一杯，又一杯
人都走了，流言起飛
我寫錯字？你多嘴

多惱

歐洲那條老河流，一直淌著
優雅的音符。叫什麼都好
圓舞也可，恰恰？哈哈

2018.06.30

訪舊

離鄉的
同學，趕鴨子來
趕鴨子去。他們是
旅人，星月搖晃在吊橋上

滯鄉的同學撕著
日曆紙，一顆一張護包
沉甸甸的水蜜桃，等待兒孫
雀躍攀摘。結果
我們成了老人

2018.07.03

哀憫瑪莉亞　颱風前夕

風露

你們跟我一樣，都是認命的
風刀一刮，晶瑩圓珠滴落
放晴後，政客搶著瓜分風景
卻不知淚水培育的花蕊最瑰麗

火焰

火焰墜地，就此熄了嗎
這裡有青苔鋪成的厚毛氈
不必再高踞枝頭，成為鳳凰
火焰墜地，就在最低階燃燒自己

花窗

屋內有人，戲班如常走動
隔窗，輕聲細說，百年孤寂
腐朽總勾纏著美麗
別人的故事，聽來格外懸疑

2018.07.11

夜間飛行

密婆

飛禽在青空中，可以找到翅膀
藏身我梁下，卻失去方向
眾鳥休憩，惟展翅鼠輩摸黑翱翔
被你撞壞的夢，見不得陽光？

孤黃

咕嚕兩聲，就把夜色嚇僵
深林裡的老學究啊
摘下你鼻尖的老花眼鏡
別跟我搶食東方的魚肚白

（昨晚早睡，半夜竟被一隻盤桓室內的蝙蝠驚醒，趕緊開窗請出，卻又被森林裡的貓頭鷹詭異叫聲嚇得發餓。只好下樓煎幾片羊小排鎮魂。想來不甘，就把牠們寫進詩裡。

密婆（台語）→蝙蝠也；孤黃（台語）→貓頭鷹也。）

2018.08.11

白露之秋

秋光只睜一瞬
閉眼時，人群在淺淺夢碟叫囂
張眸逡巡，我的廣場空曠了
大家都去雲間躲貓貓

秋光不必太厚重
朽木也承載不了太多記憶
拂掠而過，就好
這時節，最不牢靠的，是自己

2018.09.08

初秋夜雨

夏蟬的琴弓被紫霧折斷了
樹蛙仍在竹藪間，試吹新笛

我把字句凝鍊成珠玉，拋耍
藥汁般黃褐的燈泊，靜無回響

一個人數著歲月，簷破雨漏
都是：點。滴。穿。心

2018.09.11

月缺

那人攜來的心事太多
水壺的汽笛為此終宵嗚咽

蟲蛀的玫瑰一瓣一瓣
摔落，她的美麗與哀愁

難過，不是因為
沒有，而是曾經有過

（昨晚開捲鐵門，拄杖要跨街購物，卻瞥見有一女子於廊柱下飲泣。問她：何事？

一抬臉，竟是舊識。因為無約，怕被拒，乃躊躇，不敢扣門。延請入內，沏泡一壺老茶招待。就此，她叨叨絮絮，時哭時笑。從三次婚事失敗，一路回敘，商場的奮鬥、親友的背叛、年輕的幻夢……柔美的嗓音，讓我忘記吃藥；細細的魚尾紋，更添加故事的真實性。我一路點頭，點頭，點頭，終至打起呵欠。

送客後，見天央一勾月芽，便拍了幾張照片。今午寫詩欲配圖，果真淒美，遂換上草稿。與其具象，不如無象。）

2019.01.09

春天偷渡

不是說好等聒噪的黃鸝鳥
鳴槍後，再起跑嗎

你搶發冬天逃亡的
通緝令，想獨占枝頭好位吧

風光全都歸你，早櫻乍紅
火燙的滋味，年少時我已嚐過

我與枯葦上的霜雪有過盟約

待到綠劍伸直，我才願啟唇的

2019.01.11

初三之夢

惡獸都被驅趕。跳入沼澤。
羊蕨正在啃嚙夕陽。天地著墨。
我的童年就要飛抵鴿子樓。
所有引擎噤聲。車燈守候在路口。
紅衣主教整整衣襟。低聲垂問。
人子何往。

夢。醒來。
塵間又添增了一首懸疑。

2019.02.08

冬春交尾

原該隨紫霧抽離，卻依依
不捨，纏綿的雨絲。戮力衝刺的
椿象啊，合歡於荔枝樹下

冬春交尾，竟提早生出
粗暴的夏天

（昨晚還開著暖爐取暖工作，今早開窗讀書，衣服卻一件一件脫身。這是春分的溪
頭，蟬聲交織。）

2019.03.21

誰是春風得意人

陰晴都是短暫的
在山上，我從不為天空發愁
春風橫掃，葉尖的露珠
滾落；草叢深處，樹蛙高低鳴唱

哭笑都是同樣一張
臉。櫻花謝了，桃李頂著

（屋簷上倒掛的菅芒抽青了，按下快門時，一陣輕風拂動，春天歪歪斜斜來報到。想起年輕時，萬沙浪唱的〈誰是春風得意人〉，於是為此寫首詩。）

2019.03.13

春霧

連夜春雨，暫停腳步
暗霧卻來糾纏山谷
朦朧中，幾隻松鼠
在枝葉間，竄進，竄出

藏身在蒼茫裡，我
有些念頭，不安分地
爬上，爬下

2019.03.11

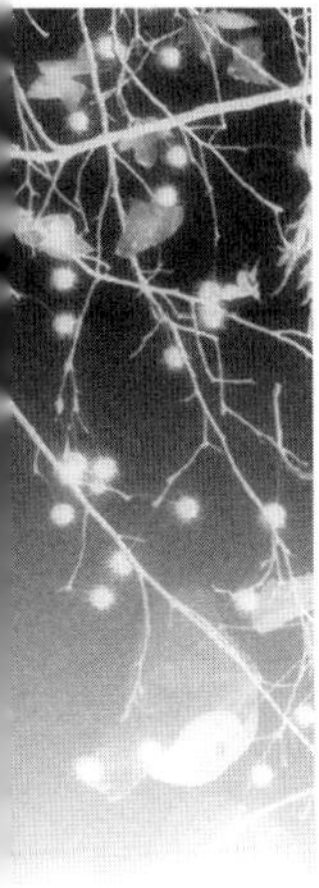

有病

醫囑

中風就是中風，沒大沒小
無風無浪，再也別想漂回那太平
歲月。一日中風，終生在風中
跟你寫詩一樣，寫了一首
就注定當一輩子詩人吧

想要復原，就勤於復健
一直走，一直走，一直走
上坡沒問題，下坡小心滑倒
跟你寫詩一樣，提腳了

只能往上爬，向下便會摔跌

2017.04.04

長短腳的日子

簷前的
雨滴，參差落下
踉蹌的腳步聲
在四壁間迴響著

我已甘於這種日子
長短腳不便遠行
我，用心翱翔

2017.08.17

針灸後試筆

攤平稿紙，手掌
輕輕一拂，天空的
星星被我擦亮了

在方格裡，一顆一顆
填上明明滅滅，晶閃的
心思，獨行，但是幸福

2017.10.06

上階

即將小雪。綠蕨
卻才奮力引體向上

要人扶一把嗎
冬天，黃昏的
鋁階上正醞釀著嵐氣
獨立遠方的巨木在招手
就這樣走過去吧

如果，落雪紛紛

抖抖肩，連歲月也不留

2017.11.19　六十二歲自勉

霧來了

霧來了，電視螢幕卻燒壞了
在白茫茫的世界裡
我的視野，黑掉一半

霧來了，三雙運動鞋都穿幫了
舉筆不成，日子破損不堪
右腳在懸擺下，也能踏破鐵鞋？

霧來了，霧來接走萬波兄
霧來了，霧來接管凍頂

霧來了，霧來接收我的糖果天堂
復健路難行，如果還有迷障，勿來了

2017.12.18

詩在幫我做復健

要翻轉？先翻查字典
依靠，這是我最需要的動詞

興觀群怨，就留在古籍裡
肢體想舒卷，把微笑掛到臉上吧

復健不靠兩片薄唇，張張合合
手要動，腳要抬，在窄梯，上上下下

我扶著一行一行，歪歪斜斜的

字，在暗夜，登樓狂摘滿天星斗

2018.01.19

無病

電視螢幕只剩閉眼爭吵的功能
真空機飽脹了，就偎在牆邊不理人
假牙時常奪口而出，因此缺角
所謂的好友，拿著你的笑柄下酒

你想飛，想跳，想要靜靜
躺下，痠疼卻列隊攻擊
螯痛你，逼你讓出半張床的眠夢
物毀，衣破，腦枯，身殘
不做幾聲呻吟都難

人生下半場，敗裂有如玻璃
碎片，對抗著頂頭驕陽
放射的，卻是不服的刺芒

2013.02.13

呻吟何妨

我和我的草稿，都是
看天行事：因雨歪斜，隨日工整

在每張撕下的日曆紙背
黑字一行一行剷除厚積的白雪
在每個流失的日子後記錄著
散步，吞藥，爬梯，度孤，夢想
無需線條與欄框，以筆閒晃
月亮追蹤太陽，星星
定位著我的航海圖，快樂或悲傷

我，和我的餘生
在沒有扶手的路上，跌跌撞撞

2013.03.24

散文詩三首

煎蛋

鳥聲啄破清澄的玻璃窗，我就動念，想為自己煎個荷包蛋，潔白而且圓滿。

許是火候不好拿捏吧？我的荷包乾扁，赤如脊地，紅過炭焰。看似完整，實則滿是漏洞，晚霞淌進淌出。

沒關係，我的木鏟下，煎的是黃昏。這面焦黑了，翻掀平底鍋，瞧瞧，另外一面，月亮流瀉出成熟的汁液來。

騎馬上斷橋

一蹬，就是天涯了。擁有第一輛鐵馬的童年夏天，我急著想要逃離閉塞的山村。

汗如飛珠，鐵馬其實是鐵牛，我拴不住自己的喘息，更擋不了沿途灌耳的風雨。爬過無數岡巒，終於下坡。

被判出局的時刻到了，六十歲端午後，我躺在加護病床上，看著螢幕上自己的血路：這裡不通，那裡阻塞。馬鳴蕭蕭，斷橋前止步。天涯？早被拋到身後千萬里了。

鐘止

你必須不斷地旋緊發條，時間之獸才肯一格一格出欄，分分秒秒，蹄蹄踏踏。壁鐘就是那麼吝嗇，你因此揮霍。

體內發條鬆弛的那天起，病房中的時間也成了靜潭，只有病菌忙碌穿梭，在各式軟管和冰冷的儀器間，啵啵作響。

該如何再度撥動呢？你拿起鐵鋤般的鈍筆去翻攪，試圖牽拖滑鼠去搜索：時間哪裡去了？

老壁鐘冷冷回覆：你該尋找的，是生命。

2018.5.15

失眠。一條根

瘦麻在作亂，從筋骨
深處，發作起來，夢都震裂

左側分崩，右側離析
悲痛不過如此：
寸步難行。
坐立難安。
有苦難言。
天明，猶如蛋破之混沌
狠狠貼上六張一條根

條條封住眼耳鼻舌身意

痛，是醒後之事

苦，是夢的開啟

（中風滿兩年，夜眠翻轉，行路更難，醫師說，這是知覺甦醒。我只知道：行不得也哥哥！乖乖吃藥，乖乖復健，但仍難抵夜夜失眠。昨夜痠疼到難當，在每個關節貼上了一條根，希望下午醒來，病痛遠離。）

2018.07.14

晨起

一躍而起，卻頹倒床上
太陽依舊賣力，只是我忘記病體
一步一風景？手腳已經失靈
我仍吩咐幸運草繼續執行
填字作階，鋪句成徑
崎嶇詩路引領，我要拄筆登頂

（忘記手腳不靈光了，剛剛起床竟然想要跨步去掀起窗帘——當然頹然倒床。乖乖吃藥去，幸運草向各位道：早安～喝完牛奶，我要去洗澡了。）

2018.07.30

復健得骨刺

不平衡的日子，左右搖擺兩年
擠壓扭曲，刺痛從中而起
腰桿再挺直也要豎旗
不行啦！右腳宣布要獨立

骨氣終究不敵歲月的
折磨：我的草原之夢被戳破了

（1. 骨刺原因：兩年前中風後，我太急著復原，未能按部就班作復健動作，每天走得太多了。

2. 骨刺只要動個手術即可，但是我有高血壓以及糖尿病，必須觀察三個月後再說。

3. 目前遵醫囑，早晚各一顆鬆弛劑，少坐多站，能平躺就躺平，每天要束護腰。）

2018.08.27

踩梯練習

我小心扶著
自己，向上攀爬
怕撞歪了別人的背影

我扶著自己的
心，下階
黃昏，日落

遙遠的夢海邊緣
星星飆飛，那是我

長了無數的翅膀

（小朋來接我，去停車場練習走路，上下樓梯。稍有進步，終於敢不靠枴杖跨步爬階了。腳是自己的；路，要自己走下去。）

2018.09.01

久矣不茶

習慣安靜的歲月，老壺竟然生菰
想從嘴尖斟酌一二字句都懶

月出東山，聲若鑼響
聒噪的世界，在電視裡不斷重播
能攻占喉頭的，只有各色膠丸
苦口也苦心，藥效十小時
我就此疏遠了，鳳凰山礦土捏壺
久矣不茶，它應該滿腹空虛吧

至於屋外蛙鳴鴉啼，滿街的凍蒜
久矣不察，要笑十小時

2018.09.26

記憶枕頭

廠商推薦一顆安眠的
枕頭，溫柔的山巒般，可以記憶
我的頭頸位置。年輕時晏起
床岸盡是波浪的曲線
誰能拴得住流動的靈魂

老病了，枕頭衰疲，記憶在雲霧中
時明時暗，那些人，那些事
山路轉成柔腸，遠景不好拿捏
高枕也難守，我的睡癖還是七形六狀

——入阱的困獸，夢想照常，顛倒

（昨晚臨睡前讀了一遍《心經》，跟年輕時一樣，仍是被「遠離顛倒夢想」六個字震懾。醒後，吃藥，復健，回覆部分短訊，然後寫了這首詩。窗景仍是日出，日掩，雲來，霧起。）

2018.10.30

窗盼四首

失憶

日子寧靜自在，過著
一陣輕佻的風，嬉鬧穿堂
撕下的曆紙，裹同那疊
記憶，傻呼呼地被席捲飛走

病灶

曾經多次闖進桃花林
一顆顆摘取，未熟的澀果
年輕時狂灑甜言蜜語
臨老，乖乖吞嚥糖尿病藥丸

登高

走到盡頭，路就斷了
踩到夢獸的尾巴，自會驚起
溪水都往下，流入紅塵
節節攀升的，仍是我的血壓

無眠

以後要睡很久
怕此話將來應驗，夜夜
擱淺在夢境的沙灘上
我勉強自己：保持清醒

（數羊？不夠！我數起水牛、河馬、長頸鹿，以及席地而坐的大象。雲豹？不行，牠們跑得太快，而且絕種啦。至於黑豬，因擔心數到瘟豬會被罰錢，就放過。床鋪都快成動物園了，我仍是兩眼如燈，四下探照。回報失眠，只有一個好辦法：寫詩！交稿了，我終於睡意萌生。）

2019.01.13

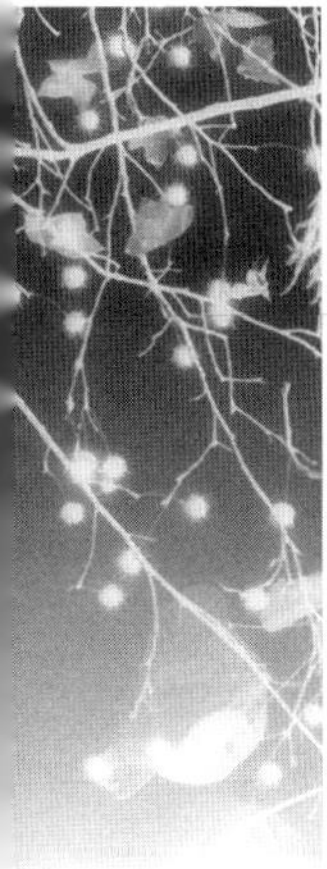

思親

周歲寫真

後來，我只顧著和自己的影子
捉迷藏——這張泛黃的記憶，
就託在您腦海中寄放。彼時啊，
你就喜歡躲在閣樓上的暗房。您講。

彼時啊，觀看世界也真簡單，
不是黑，就是白——可是、我的夢
卻塞滿了色彩。您說：後來，
放你跨出門檻，就怕這張底片洗不出來。

1988.5.5 中國時報人間副刊

母親睡過的房間

媽媽，天國不用輪椅吧
在你睡過的房間，天花板上
浮現出馬車的影像

媽媽，天國不用枴杖吧
你走後，我替你巡視故園
蹣跚前行，撿拾著你堅定的足跡

媽媽，年過六十，仍然無助地
在暗夜裡，夢囈般呼喚著

這會不會被當成軟弱的男人
傻孩子，屋頂漏水就要修理
你睡過的房間滴落著春雨的叮嚀
可是，媽媽，這回浸濕的是我的眼睛

（夜半醒來，雨落，無事。嘈嘈溪聲中，似乎聽見老母在呼喚著：回家吃飯喔～～～）

2017.05.02 溪頭

迷霧跫音

母親走後，一年多
我持續在森林中沉默
復健，濛霧裡，撿拾著鞋聲
——歲月能否蹲下來，等我
　繫好鞋帶？

2017.11.08

（冬霧來了，可是我的冬茶今晚才會送到，等待中寫首短詩。）

琉璃貓

月亮高懸，屋脊
並不因此蜷臥成
琉璃貓，靜靜徘徊

唯當子夜，思念騷動
昔日容顏一爪一爪撲襲
故人在天堂，故人在

遠方。多情應笑
我，被滑鼠終宵牽爬

在濛濛亮的光海中，發慌

（昨晚看了一夜的月亮，也沒怎麼特別處，抵不住睡意，就上床，留下屋外一片光亮。）

2017.12.04

冬晨

夢見天上沉睡的父母
我醒來，絞緊淚腺

趁濃霧未開
我煮起
麻油雞
長年菜
味蕾與親情，沾黏
半瘸的身子

221 . 冬晨

一口一口，吞嚥著
童年

（思念亡父亡母的時候，我就從食物下手。昨晚早睡，今晨早起，開動抽油煙機，我炒起麻油雞，薑氣盈滿山谷。）

2017.12.13

J

那時，教你認識英文字母
來到了這個「J」，你說
親像丁口的丁喔
（J，ㄐㄧㄝ。台語著雞災的J）

你老了，自己拄杖上街
J扶著你拐過巷口，買藥去
J是你的男丁格兒
（J，ㄐㄧㄝ。老阿婆要過街的J）

你搭著鶴鳥飛走後
J陪我在風中的小路學步
我每天只想到這個「Jump」
（Jump 起來，Jump 出去）

J在我們老家的壁鐘下，和鐘擺靜立
地牛洶洶暴動，他摔落了，別撿拾
啊，枴杖本就是倒寫的J
（Join up，Join up，遠方誰在呼喚我）

2018.02.10

春日曬

拉鍊一裂開，陽光
就在晾衣場上，歡迎著
我的眠夢，希望，或者憂傷

當所有的桃杏，忙著點綴
瞬間即逝的風景，唯有
這印花被單仍包裹著半世紀
我的初啼，我的乳臭

在遙遠的渾濛之處

傳來明亮的聲音，不斷呼喚
春陽撲鼻，今晚老夢最香

2018.03.07

母之味

昭和時代的人，受飢於戰火
喜歡甜食，菜櫥內躲藏著砂糖

思念時，我料理起番茄炒蛋
蒜頭、蔥花、蝦仁、豆腐
打瑪可與投瑪豆
紅黃青白，匯集出一盤童年
「愛加一須須也糖」如是叮嚀
或者炒道菜脯絲丁香魚干吧

山珍摻海味，翻騰舌間六十年
黃昏的廚房迴盪著淡薄的幸福氣息
「愛加一須須也糖」再三交代

淚水鹹苦
一滴也不要

（母親節的傍晚，想來炒兩道菜，可惜桂竹筍已經退市，否則就可加道桂竹大骨湯，這樣思念會較齊全啊。打瑪可↓日文雞蛋〔たまこ〕音譯；投瑪豆↓日文番茄〔トマト tomato〕音譯。「一須須也」〔tsit su su a〕台語，「須些、少量」之意。）

2018.05.13

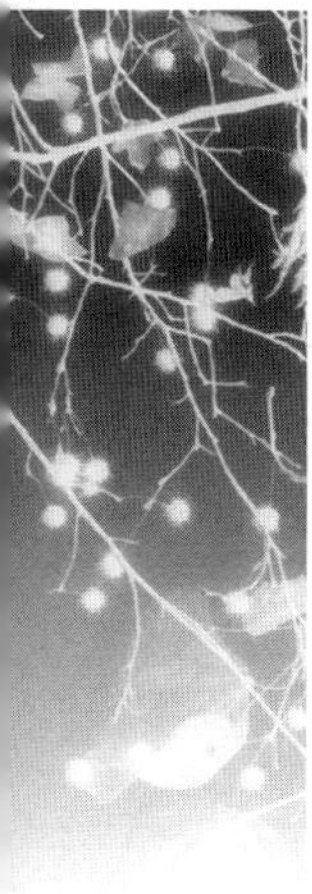

送行

送佛

——再見了，林佛兒

西天也會敲打召魂的密碼
愚人節剛過，你卻演了一齣
推理劇，一開戲，就永遠謝幕

這次送行，驚心
但不須誦念心經了
佛兒，本就歸天所有

（林佛兒，被推稱為「台灣推理第一人」，是位傑出的出版家，更是優秀的詩人。

驚傳於四月二日病逝，得年七十七。我和他結識四十年，返鄉賣茶後，佛兒哥還曾兩次偕大嫂專程到溪頭看我。臉書時代，他更多次留言要我為《鹽分地帶文學雙月刊》寫詩。上個月才刊載了我的幾首拙詩與攝影照片，大嫂李若鶯教授更特地專文評析。愚蠢的我竟未體會出：為何大嫂提前返國？原本她說是要在四月一日返台後再寄評析文字檔給我的。）

2017.04.05

看不見

——為齊柏林導演送行

看見／海岸曼妙的曲線，峰巒在波動
看不見／山川的黝暗褶紋裡，貪婪的心在蠕動
看見／只有官僚與奸商，視而未見

看見／回家的路上，笑臉沿途綻放
看不見／未來的風景，躲在濃濃的陰翳後
看見／心靈蒙蔽的，就是看不見

看見／鳳凰花下，學生快樂展翅飛奔

卻驚見／你，在火光中，迸裂畢業
看不見你了／台灣，才理會你永恆的，照見

2017.06.10

譬若朝露

——送陳立宏

你的腦中有顆不聽話的瘤
所以，你文字間有放不下的重擔

你的身體裡住著不安的靈魂
螢幕上，你總是漲紅脖筋要催醒世人

聲嘶力竭之後，只留一滴
蟬露。夏至，陪我夢中小飲吧

（手機充電兩整天始終不進電；電腦因多日霪雨，管線受潮無法上網。今日下午地牛翻動，竟然可以上網了，但是第一個傳來的訊息，卻是「名嘴陳立宏病逝」！老同事，老朋友，四年前我們曾經有約：要再去林美如吃剁椒魚頭、暢飲冰啤酒的。十二年前我們參加一個婚宴時，他還透露：高中時代也曾熱衷寫詩，而同座的張啟楷也是。彼時，大家都說，將來不跑政治新聞時要好好寫詩，跟我一拚的。如今，只能寫首詩送他了。）

2017.06.21

含淚孤挺
——送劉曉波

在布滿刺網的廢土上
你隻身匍匐前進，霾氣中
企圖開闢一座玫瑰花園
每冒出一吋青芽
就遭摘除十片綠葉
生命被剪短了，靈魂因此抽長
而這次再也無人能鐐銬你的
翅膀，在陰暗的雲間翺翔

（昨晚太早睡，因此早起，等待天亮出門散步。寫首短詩向劉曉波致敬，整個中國，我就欽佩此一人。）

2017.07.14

智慧手機

經過濁水，一晃眼，就來到清水
沒帶手機，卻在異地留下足跡

他已不用上網，也和紅塵斷線
告別式後，我期待老友從天堂來電

智慧太大了
容易遺忘在腦袋之外

2017.09.13

別裝熟，你沒那麼悲傷

墜落了，葉子
僅夠承載自己的衰老
送行的事交給天風
多餘的追思，誰也吹不動

陌生如你我，若垂淚
就當作是隕石的
火光劃過，我們繼續呼吸

裝熟，別。悲傷，我們並沒有那麼

（最近名人過世的噩耗頻傳，網路上一片哀戚，或追行誼，或懷私交；論功過，斷成敗。凡有交情者寫來莫不感人五內，怪的是那些八竿子打不著的人也來泣訴：他啟發我殘困的一生；我被他的惑魅的詩句深深感動；我有他每本詩集的簽名書；他們離婚時，我正好有看到電視新聞………實在，趕人哪！只好刪除一些人名囉。）

2018.03.19

舊日餘光

——送恩師余光中先生

拔河的繩索會呼痛嗎
會的，在永恆的時光中
一端是讚譽，一端是譭侮

拔河的繩索會呼痛嗎
不會，從永春到恆春
兩地都是異鄉，都是家鄉

這條繩索連繫著

師徒之情，有時緊，有時放
無需更拉近，也難以鬆綁

三十九年前，初逢青髭正盛的淡江
三十三年前再訪，客寓沙田，在香港
此後鑽進鑽出，廈門街的雨巷

四十年來，那條繩索
牽到手上的，是黑色電話線
問生，問死，問長，問短

那條繩索，像鐵軌一樣
有幾處斷了，有幾次大轉彎
這回先生下車，是在哪站

拔河的繩索，不會
呼痛，高雄燈下的白頭翁
請在那端給我祝福，繼續縱容

（十二月十四日下午忙完宅配，上網卻見一片哀輓，然後《台灣醒報》社長林意玲邀稿，要我寫篇文章追念恩師余光中先生。取消了原排定的針灸治療，我找出余先生在一九八四年為我的詩集《夢要去旅行》所寫的序文〈拔河的繩索會呼痛嗎？〉，睹物思人，驀然想起，一九七八年在淡江的「復興文藝營」，那年，他從香港飛來台灣，擔任我們新詩組的指導老師，從此師徒情緣一牽近四十年。但除了這篇序文，師徒之間卻甚少談詩論藝，偶有書信，說的也只是工作或生活瑣事；若有電話，也都是與師母范我存女士撒撒嬌而已。

兩個月前，我才寄出詩集《嬰兒翻》到高雄，在書上我還寫下「隔了二十九年才再出詩集，真是愧對師恩。」如今突獲邀稿追思，感愧之餘，也只能以一首詩送行了。）

2017.12.14

雨水元宵

——為大師兄楊人凱送行

水珠。亮環。
忽遠忽近。明滅的燈影。

月娘。淚滴。
閃爍著。謎一般的瞳孔。

日子可歌可泣。我們分離。
可喜的是。緣消了。有天再聚。

2019.02.19

陰天火焰

——焚寄韶玲小妹

提前飄墜，要如何
封存妳的美麗？於永恆

四十年前，帶領十九歲的妳們
抖爬大學池山，落隊的妳遙呼：
拉我一把！大哥
杉林深處迴盪著青春的許諾
許諾如箭，快得抓不住一字半句

幾個春秋裡，如翼之手起飛數次
擋妳前衝，在妳父親的靈前
扶妳站起，在妳母親的靈前
拍撫妳肩背，在妳夫婿的遺照前
揮別夕陽，在妳轉職南下的引擎前

最後一次飄蓬相逢，在凍頂
那年我中風、離婚、喪母
妳敲著我麻痺的右膝，含笑叮囑：
大哥，我們要好好活下去
好，好。只是我忘了回抱薄紙似的妳

火焰不是妳的最愛，緋櫻、酢漿
才是，而它們正在燃燒呢
花甲都未滿，妳拋出巨響的驚嘆

這回，無力的我來不及拉住那蕊豔紅
在衰牆下，躺著句號。謎一般的

陰天的溪頭，已無人聲
愛美的妳，穿紫霧而去吧

（韶玲是我們笛韻詩社的小妹妹，十二年來，她一直走不出喪夫之慟。今天下午，才剛拍完牆下早落的火焰花，竟然傳來她輕生的噩耗，一整個無言，焚寄一首詩給她，願她一切放下，嬉戲於佛祖之前。）

2019.02.23

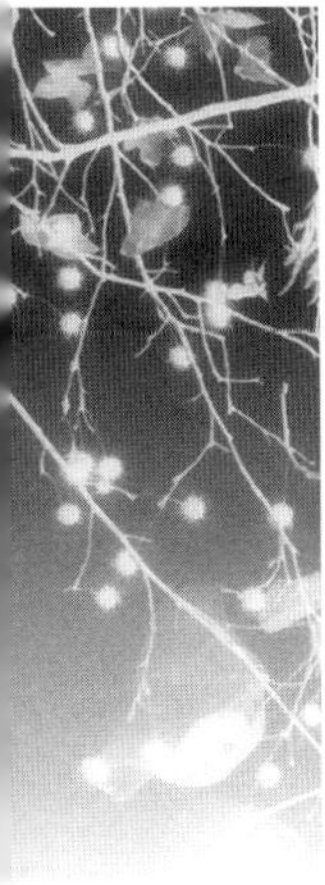

懺情

在我們初識的那一天

雛菊才要綻放
唱片輪到最甜美的那一首
舞會正為我們的青春開幕

那時，你是瓷瓶中的七彩茉莉
花蕊日漸萎凋，我在驕傲的山頂
為別人的勝利高呼

在我們初識的那一天
宇宙剛睜開眼睛

那時，我必是個懵懂的嬰兒
事隔二十年，或三十年吧
經過仇家深閉的門窗
你在或不在？無關雛菊回不回答

而我已經愛上你
愛上你，最後一天
才發現：至死來不及後悔

2018.01.03

你的臉

我是如此難忘
你的臉龐，長髮中，短髮下
你的眼神，深潭上寂靜的幽光
誰的記憶，將來較短？較長？

在青春的航程上
我們不急著拋繩定錨
茫霧中，你是唯一的燈塔
總會引領我緩緩泊靠

鷗鳥戲弄著岸邊的波紋
醒來時，我已經流放遠洋
你的臉，在幻樂飄飄的郵輪窗外
時浮，時沉，是那無言的殘月

臨老，我回到森林中，霧散了
模糊又復清明的時光裡
你的笑靨，也隨著山芙蓉
凋萎，消匿

2018.01.05

我們之間有條河

再走下去，就是出海口
你在對岸呼喚著我
再走下去，一起到達沙洲
我卻穿上鞋子，獨向深山走

浪花享受掀騰的歡樂與自由
空山也自甘於編串雲朵和沉默
你是翅膀，你是飄飄一沙鷗
切記我們曾在山腰相遇，匯流

潭面上有粼粼倒影，攔沙壩
留下爭執的石頭，以及汩汩的泡沫
拆掉夢幻的虹橋，你飛，我走
與其輕易許諾，不如臨陣收手

洶湧的記憶裡，我們有條年輕的河
分流之後，再也無法計算對錯
是的，盤山過嶺，已經毋須回頭
我仍堅信：是我負你較多

2018.01.08

你醒來時，會在幾點

冷，會擁抱著你
擁抱著整個地球的
寂寞，是你的名字
點燃著：我們蒼涼的夢

夢，包圍著你
包圍著過去與未來的
記憶，是我們唯一的
私生子，活在現在的呼吸中

呼吸，不會回到昔日的
妄念，一些霉味，一些
震撼宇宙的
喘息，只證明：我們愛過了

我們愛過了，剩下的
疲倦，如同剛褪衣蜷臥的
花蕊，殘香問候
你醒來時，會在幾點

2018.01.10

每次愛你，都是世界末日

潮起
潮落
起落，都推給波浪

你浪
我浪
抵死，也要偽裝高潮

……………………

幹。世界的堤防太長

末日，誰能巴得到

（「沙灘太長，本不該走出足印的。」每次想到前輩詩人鄭愁予這句子，我就暈眩：這麼清純？我做不到！所以，向著過往，我懺情。衛道人士最好遠離。）

2018.01.10

雪，我在等你

山中車站的陰暗角落
這行字哆嗦藏身木柱後
受凍了一世紀吧
他悔恨嗎？他癡心所致嗎
旅人來去，如魚穿梭
那女子出現沒？雪落何方

雪，如果是男人的小名呢
薄倖的罪名就成了他的帽子
在冷風冷雨的山中

嬌瘦的背影永遠是則傳奇
雪是負心漢的外套
就讓森林外的太陽融化他

留言者或許早忘了這段

等待與被等待
都是寒風中的枯草
受折磨的折腰
遲未現身的也會萎凋
只有觀看者隨蘆花把頭搖白了

都守候這麼久了
雪，你就下吧

（這首應該歸類為推理詩。面對一則兀然所見的留言，我們通常會依著尋常認知：

雪是個被等待的女人：哇！那個男人好癡情啊。這樣推想未免世俗了——如果雪是被等待的男人的小名呢？於是大家又會回頭指責：雪是負心漢。事實呢？這對等與被等的人可能在留言的下一刻就見面了，而他們未必是情人，可能是一對姊妹，更有可能是臉書的朋友而已。一切都是觀者自作多情，因為，說不定，這只是旅客等車時無聊寫下他的願望：下一場雪吧！）

2018.01.12

革命情感

揭旗過濁河
甩髮上街頭

那年，你們攜手攻進廣場
我聽見花朵爆炸，以及沙啞的青春
除了理想，你們也鋪設了私想
我看見你們眸池中，燃燒著
希望之火；盪漾著，熱愛之光
你們把未來質押，給台上
鼓動空氣的演說者，他比畫著大餅

是的，革命是根火柴棒
擦亮了你們原是陌路的情感
在模糊的人群之外，你們以為
世界因你們而燃燒
長風吹過，廣場在飄揚
長風吹過，記憶在飄揚
當風潮退去，寂靜的沙灘上
只有兩顆暗淡的貝殼，被遺棄

在各自的打卡機前準時上班，你們
分向兩條道路，曲折往前走
拐個彎，按響門鈴，吃飯，看電視
把自己安進人群裡，比模糊更模糊
偶而牢騷兩句，就又馴服下來

偶而高叫一聲，就又安靜下來

2018.03.13

大寒無落葉

我並不曾許諾過，帶你上山
去看銀杏扇葉如金雨灑落

花邊全是幻想所綴
夢境不都在燦爛時湮滅

重登大崙，半甲子忽忽飛越
心事也隨曲徑婉轉，吐露了幾截

如果對過往還有悔憾，請看眼前

喏，枯枝勝雪

2018.01.21

關於愛情，我所知不多

或許山風將吹狂所有營火
或許黑豹會張嘴吞噬我

你在我青嫩的後頸哈氣
慫恿著，再往密林深處探索

風景最瑰麗，最壯闊
天堂總是瀕臨著懸崖口

不敢縱身一躍的我

從你柔軟的花道，夾尾逃走
關於愛情，我所知不多
三十之男，多疑似狼，怯弱如狗

（清晨醒來，總是後悔居多：三十歲那年的野營，如果勇敢些，現在不就當阿公了嗎？哈哈哈……………）

2018.01.22

愛在遲疑焦慮中，消逝

微風親吻每片樹葉
沒人質疑天地在戀愛
海浪掀弄著寂寞的沙灘
誰會去指控：海洋太輕佻
你坐在月光下，編織著苦惱
想犯罪，卻失去了衝動
怕引起對方心谷燃燒森林火災

憂慮著，高牆遮擋不住巷尾的風聲
學學操場上的小子們吧
球到手，就投射

只是一場戀愛，因為你
企圖太偉大，一切變得猥瑣了

（A君學養俱佳，道德清高，六十五歲喪偶後，獨居城市邊陲。昨晚攜酒來尋，盡吐苦惱，我只能奉陪一杯高粱，他卻獨灌一瓶約翰走路。天亮後，他登門道謝，因為我送了他這首詩。）

2018.01.25

有一種幸福，叫做遺忘

再也不用穿著別人的鞋子
過河了。彼岸已成此岸
悲歌戀曲都是流走的故事
幸不幸福？插了翅膀的音符
你回首數算，你仰頭看看
燈火滅了，星星亮了
走下歲月的渡輪
真好，記憶已經被卸載
那些波瀾，只在船殼留下水紋
你知道，滑鼠老愛纏鬥鍵盤

那一大段空白，不是誤刪
往事早就歸檔，儲放在雲端
葉子黃了就墜落，憂喜也一樣
臨老開機，密碼也可遺忘

2018.02.03

故人歌

之一

曾贈故人白玉璉
琤瑽餘響遠雲間
再見素顏客棧老
醺然動魄似當年

之二

相忘江湖遇故人
煙消舟去水無痕
昔日垂楊執手處

無知鵲鳥喚殘春

之三

故人問我三千舀
弱水一瓢渾未曉
花草多情君多疑
月升日落終渺渺

（年輕時代的戀人突然來訪，約見於飯店的咖啡廳。四十年不見，話題爭出，問健康，問兒女；提往事，只聞笑聲；說細故，都回忘了忘了。一杯咖啡尚未喝完，小女娃搖著兩根辮子貼近：「阿嬤，拔比說我們要走了喔～」兩人互望最後一眼，我拾起復健拐杖，就此道別。）

2018.03.13

飄著細雨的清晨

既然無法出門，就回去
記憶的小湖，青春的小湖
一百棵松樹圈守的嘴唇
所有的誓言都比水草茂盛
所有的親吻都像荊棘那麼驚魂
我說，松針就是忠貞
鬍渣粗暴如夏雨，你回斥
松針刺人，忠貞傷神
肩上輕輕一捶，匆匆
一推，換來三十年的陌生

松樹隨著童話枯凋
小湖也成霧濛濛的瞳孔
夏雨不復剛烈的清晨山中
我仍信守著當時的應允
在破鏡前，刮著，灰白的鬚根
鬍渣掉落水心，沒有回音
直到伊媚兒叮咚，敲我回神：
一向可好？聽說你也已離婚
。。。。。。。。。。。。。
。。。。。。
。。。。。。。。
。。。

2018.04.16

夢不會隨著黑夜而結束

森林適合豢養白霧
哲學家最宜在字裡行間
散步。當霧氣消失
樹葉自青翠中甦醒
哲人逝矣，真理才得印證

而你，青春的戀人
在我雙瞳漸糊的視界裡
仍然翩飛著，笑臉與身影
一眼即是終生

一言也是鐘聲
看過就醉了；聽見就睡了
身苦的人因酣眠得平靜
心苦的，為夢幸福

霧會在森林中，消匿
青春會從記憶裡，磨平
我會在蒼老的終點，聽候你的
夢，不會隨著黑夜而結束

2019.02.13

隨想，或者所謂截句

這些短句陸陸續續寫於一九九〇至二〇一八年間，不用載明日期，
因為：它們書寫在時間的背脊上。

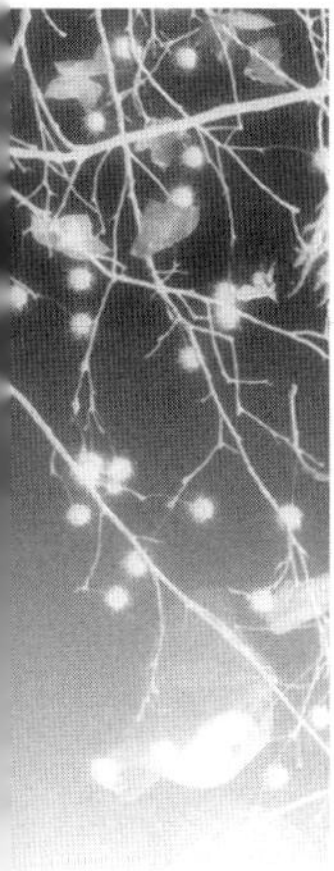

後院黃昏

櫻花正在綻開，梨花也在萌苞
距離太近了，我看不清你搖晃的心

巧克力情人

只溶於手。於是你不敢碰我
不溶於口。你的愛套著真空袋

螞蟻上樹

奮力搶爬，天堂仍是遙不可及
算了，人類不會把理想懸吊得太高

缺腳的蟑螂

醒來時發現：呼吸很簡單

氧氣如此豐沛，繼續活下去吧

結晶

螢火在星空下穿針引線。熄滅後，北斗指南
在時光的催化中，我的字句逐漸成了舍利子

反手拍

乾脆，簡潔，如電。人生不如
戴資穎一記反手拍

太長

生命短暫，別把文章寫得太長
怕我來不及讀完

不見

睡前，把你們的名字摩娑一遍
說好了，夢裡不見，請別對我眨眼

甦醒

塵埃與塵蟎在對話。故事僵直了
而記憶甦醒，在窗外的蔓藤上

孤狗

落單的流浪犬仍想稱王，登高
一呼，黑森林裡的狼群亮著牙刃

狐群

啃完無助的雞腿，便夾尾四散
他們可不想在獅爪下，體無完膚

驕傲的男人

上司坐在吧檯邊垂釣著，游來游去的
美人魚，漏洞百出的漁網總是豐收

歪脖樹

西風吹襲，所有樹枝都東倒
長官日夜詈罵，我們的脖子也歪了

關錯鳥

那隻金絲雀，鎮日無憂啼唱
牠在嘲笑水泥間忙著開會發言的我們

升降梯

有人上去，有人下來。非常呼

非常吸。等不及的，跳樓去

旋轉椅

不要羨慕我可以偷懶打盹
抽完這管，我也將隨煙陣散逸

黃欒花

橫躺在落葉上的，有著無知的幸福
隨風飄盪的金蕊卻喜孜孜，迎向未知

草山行

箭竹把我的去路射得柔腸寸斷
左盤右轉，沿途都是野鳥，驚聲尖叫

碧空

信箱口太小，焦急的秋風
只好轉投，一封肥雲懸空招領

秋雨

颯颯地，秋雨終夜寫作
玻璃窗上悲壯的詩句，沒有版稅

長巷

走到盡頭，就是冬天了
大都會的角落，正醞釀著雪花

Cookies

我沿途拋撒詩句，身後
有隻迅猛龍窮追不捨

兒子

紅嬰呱呱墜地，是男的
他帶著我前世的把柄而來

九二一後喝喜酒

鄉親寮的外公家族簇集在一桌
急速拆食紅蟳：足驚地動更再來

墓誌銘

有事嗎？
進來再說。

葬禮

回來參加自己的告別式
記得先清理墓草，這些人隨後要來參觀

懷孕

像個大問號的母親，在生命的大產房
想及入世時的艱難，嬰兒用聲音畫出驚嘆號

情夫

我多想成為一隻小花豹，戲耍著毛線球
長大後，一口吃掉親愛的她

菸碟

把心事燃燒起來，看那黯然的灰燼堆裡
喜惡原是一截一截無用的菸屑

跳河

河畔有塊告示：精神自瀆者禁止游泳
到達彼岸的人，都是擠搭渡輪而去的

思想

可以拉長，可是扯斜，可以捶扁
我是記憶金屬，不會忘記成形的模樣

靈感

躲在每一個鉛字背後，黠黠作笑
看這隻笨拙的手按著格子，忙亂補捉

落葉

踩在空中的腳印啊，告訴我：
你的家在鳥巢還是在蟻穴？

野心

世界的窗口太窄，不夠放置早晨
隨手開啟，九顆太陽被擠了出來

演說

他就是那樣站在台上，鼓動無用的翅膀，
空氣稀薄了，我猜：八成是他吃光的。

記事

A.雞蛋、B.海報、C.石頭、D.手銬……
真是的，這樣攪一攪又是一場獄災

寫詩

你心中的沼澤有個難以拔救的人
不寫詩，你永遠不知道：你可以舉起自己

畫家

能辨認五顏六彩，算得了什麼
面對奇景佳麗，我就是一罐色料

斷章

火花令人激賞，因為瞬間即逝
想呈現全貌，所以我只畫五分之一的臉

革命

你不會因愛上一個女子，去背誦她的家譜
為了一片模糊的人群，你貼上性命

危樓

後來，樓梯腐了，朽了，垮了
歷史就在我們望不見的閣頂生苔

酒星

那麼快樂的水晶音符，高掛著
想個辦法敲出一些聲音吧？我喝光黑夜

廣場

每個人都認錯了：錯在生得不早不晚
錯，在土地太大，而能供爭吵的地方太窄

交談

語言是無形的種籽
從你的口中孵育後，在我腦中開花

海洋

在藍色的競馬場上，我只看見
無數白鬣踩著時間的尾巴，寂寞奔馳

山巒

頑固的哲學家養了一隻綠色的
貓，蹲在遠方，冒煙的鼠群圍攻著牠

瀑布

把一座山谷鬧得兵慌馬亂
自己卻溜到集水壩，為群山萬樹留影

釣者

他想引誘自己上鉤，不信？
除了風聲鳥鳴，竹竿上就只有數片白雲

瞳孔

熱戀時，以為他的靈魂深處是座花園
乍見骷髏，才知道那麼美麗的眼窪只能種兩朵玫瑰

階前

夏雨只潑到黃泥路的三分之一
剩下的三分之二積滿了你的眼淚

日出

當他跨出大步，接受讚美時
才發現昨夜的借光者早已，一，哄，而，散

賞花

我讚嘆於你的色彩，你驕恃著美麗
這其中，為什麼沒人感激園丁

缺口

珍惜著上帝的賜予，我日夜描繪
接近完美的，但不是完整的圓

選擇

你希望看到麵包師？還是提燈者
告訴我，在黑暗中等待暖食的人

沙漏

據說：有思想的人
他們的頭顱就是這樣拋落的

柳枝

春天揚著綠色的鞭子
疲憊的大地上，有小溪孱弱的喘息聲

鄰居

活著的人們，不管你如何遷徙
你永遠與死亡為鄰

海嘆

候鳥飛過對岸，振翼投來的是下一代
休憩在兩岸的都以為他們回到了故居

行囊

花了四十年裝填鄉愁
回家後，他追念那遺失掉的光陰

離島

度假的人來了，度假的人走了
全世界的人都以為自己才是被冷落者

風箏

拉扯命運之線三十餘年
很想把手掌張開，看看自己怎麼摔下來

路燈

傻呼呼的長頸鹿，想窺探我的隱私
卻不曉得把脖子再縮短些

口袋

令人好奇的，不是他將再掏出什麼來
而是為何他要裁製這樣的東西去裝盛煩惱

放手

在夢中，我抗議：上帝給得太少
醒來後，才發覺我的拳頭始終是緊握的

作家

我不怕思想在稿紙上被掠走
卻擔心我的鋼筆在手指間滲出墨水來

掃墓

男子唉嘆：結婚是戀愛的墳墓
妻子張腿：明天清明節，快來掃墓

代後記

暗室幽光

我的地下室裡，堆放了很多紙箱。

大大小小的紙箱，方形的、長方形的、空虛的紙箱就幽禁在只有兩片高窗的地下室。兩年前，這裡是我的工作室，我在這裡烘焙茶葉、真空分裝茶葉。中風後，因為手腳不便，就不敢下樓了。

地下室也因此不再光亮，紙箱堆放著沒人去整頓，生菰、發霉，終致散發出台語所謂的「臭殕味」（tshàu-phú bī）。前天因為客戶需要禮盒包裝茶葉，乃鼓起勇氣扶杆下樓，開燈，暗室裡的紙箱乍然甦醒。

昔日工作景象湧現：我在那烘焙機前調整溫度，在老辦公桌上秤茶，摺著紫色小禮盒。室外有鳥鳴，有溪流；斜陽自高窗跨進，撫摸著白牆上的濕氣水珠。整個地下室洋溢著蜜香貴妃茶的濃郁氣味。

彼時啊，我詩興盎然，每得空檔便拿起筆在紙箱上塗抹幾句：

年年花色新　歲歲不同紋
風中醒復睡　雨裡唾留痕
狂言假夢真　笑話冷茶醇
都說舊日好　誰召青春魂

秋光流轉洗金盅　疏影動搖窺碧空
隨他漁唱悠悠去　來年心事亦相同
櫃裡新茶靜吐香　溪頭寒水黯流長

費解世人舌面鈍　甘來苦盡味何藏
細火慢推忘日光　氤氳雅氣漫工坊
喜見杯湯出琥珀　欣迎冬霧破門窗

三日紅塵十日仙　半日奔波車陣間
兩周一見背包客　路上行人笑我癲
無需風雨忒惜憐　長負兒女在仔肩
歸途征路皆相似　直登凍頂洗清泉

君家傍北山　石橋涉蘆灘
迎人花含笑　接風樹合歡
送香尋幽蘭　取暖移燻龕
日斜穿白霧　我歸伴青嵐

這些詩句的原稿都被我自紙箱上撕下，另外敲字存檔，可是那些舊日時光彷彿賴定紙箱了，它們窩匿在深不可測的空間裡——我聽見，詩句如琉璃珠，在暗黑中撞擊，敲響。

至於新詩，需費心思以及較大版圖，所以都用日曆紙或廢紙在書桌上塗抹，因此，在地下室找不到我的曲折詩句。而隨想之類的短句，我則習慣塞放在記事簿或別人的大作之中，彷彿那是黑空裡獨自閃爍的星光一般。

是的，我躲在大紙箱中，我的心裡也藏著很多小盒子。在這夏日黃昏，我的晚年正在發放，曖曖幽光。

2018.07.31

賞析

跌宕於生死與悲欣之間

——讀林彧第六詩集《一棵樹》

向陽

一

繼前年（二〇一七）推出第五詩集《嬰兒翻》，重出詩壇之後，林彧的最新詩集《一棵樹》又與讀者見面了。以兩年的時間，出版一本詩集，對一個成熟的詩人來說，不算快也不算慢。詩在日常之中，有感有悟，有欣有悲，感悟相會，悲欣交集，摘其紅花，斲其枯枝，定格其光影於筆下，自然有詩。六十歲病後的林彧，跌宕於生死之間，困頓於斗室之內，詩成為他的救贖，成為他的呼吸，既記錄了他的日常，疊印了他的生活，也展現了他的詩藝，映照了他的生命哲思。

我在兩年前為《嬰兒翻》作序，以〈在破折中翻身〉為題，撰寫長文，詳細討論林彧的詩路歷程，析解他從一九八〇年代以新星之姿崛起詩壇，以都市受薪階級詩作被余光中譽為「新感性的醒目站牌」，被林燿德推重為「都市詩人」，到六十後因遭逢中風、失恃、仳離的人生災厄，重回詩神懷抱的過程；並期勉他以詩告別「破折」人生，從病苦中站起，在「破折」中翻身。兩年過去，這本全新的詩集《一棵樹》果然以花繁葉茂之姿、枝遒幹勁之勢，在詩的地平線上昂然現身，讓我們看到了一棵生命之樹的自在自足，一如與詩集同名的這首〈一棵樹〉所示：

每個人的心中都要有一棵樹。
扭曲的樹。糾纏的樹。盤繞的樹。
每棵樹都要抽芽。開花。結果。凋落。
遮蔽著天空。篩落下無數光點。

每一棵樹都允以希望。夢想。幻滅。
每一棵樹都懸掛著癡昧。與清澄。
安置著疲憊的心。安置著喜悅的心。
每一棵樹都和每一棵樹有著距離。
互相支撐。互相搶奪。並且。互相孤立。
因為牢固不動。一棵樹遂被走出了許多小路。

墜落的。只是歲月。
老去的卻是不礙事的時間。
一棵樹。因你而生。
一棵樹。因你而死。

林彧將這首詩置於詩集之首，做為詩集書名，應該有他深沉的用意，首句「每個人的心中都要有一棵樹。」與末句「一棵樹。因你而生。／一棵樹。因你而死。」頭尾呼應，喻示了這棵「心中」的樹與生命（生與死）的相依相賴，樹有千種，無論「扭曲的樹。糾纏的樹。盤繞的樹。」都要「抽芽。開花。結果。凋落。／遮蔽著天空。篩落下無數光點。」

這是暗喻人如樹，扭曲也好、盤繞也好，都同樣得面對生老病死，都各有華彩。

第二節則更深入探究「心」之為用。「希望。夢想。幻滅。」、「癡昧與清澄。」、「疲憊的心」與「喜悅的心」之間，蘊有一如佛家所說的人生八苦（也就是生、老、病、死、愛別離、怨嗔恚、求不得）、五陰熾盛（五蘊：色、受、想、行、識）之苦。這些苦痛，讓「每一棵樹都和每一棵樹有著距離。／互相支撐。互相搶奪。並且。互相孤立。」樹的孤獨，固著於八苦之上；也因為這樣的「牢固不動」，尋索解脫，「一棵樹遂被走出了許多小路」，這些小路，來到末節，在歲月和時間的輪替之下，一棵樹的生死，於是又回到「心中的樹」的主宰，歲月讓人墜落，時間催人老去，生死一念，都在心念之中。

這首〈一棵樹〉寫在詩人初老之年，繁華落盡，真淳乃見，談的是樹（人）的榮滋衰頹，寫的是心的掙扎與解放。林彧以這首寫於二〇一二年尚未遭逢災厄之十的詩作為卷首之詩，似乎也有以樹為師，看淡生老病死苦，靜觀歲月與時間之無情的灑脫吧。

二

《一棵樹》分「尋常」、「短歌」、「有病」、「思親」、「送行」、「懺情」與「隨想，或者所謂截句」等七卷，所收主要是近兩年病後山居詩作，只有卷一「尋常」收錄三首未收詩集舊作（〈一棵樹〉、〈黄昏剪影〉和〈尋獲舊稿〉）以及卷七「隨想，或者所謂截句」所收寫於一九九〇到二〇一八年間，未載明日期（因為它們書寫在時間的背脊上）的短句。整體來看，這本詩集寫出了一個現代詩人老來因病蟄居身林的受想行識，有古典詩人（如林彧年輕時也喜愛的王維）的澄明、豁達，與自然同修的真淳，也有現代詩人（林彧自身）面對時間與歲月易老而仍奮力拚搏的執著、不挫和沉思。

〈此刻秋窗〉寫山居心境：

倦遊歸來，我和風景
已經陌生四天了

方格的窗外，乳霧漫漶
簷上衰草倒垂，雀鳥緘默

有人從葉落的櫻樹下走過
用回音，在濃霧裡為旅程定位

我在二樓，披晾著含香的衣衫
回到舊日的秩序，與生活漸漸老去

一窗一江湖，唯有
赤松仍在，茫然中堅持著

這首詩宛如一幅圖畫，除了首節作為「起子」之外，餘四節都以圖像入詩，方格窗外的乳霧，鋪襯簷上衰草、雀鳥緘默，寫出山居的寂寥；「有人從葉落的櫻樹下走過」，「用回音，在濃霧裡為旅程定位」，有王維「空山不見人，但聞人語響」（〈鹿柴〉）的空茫。接著對照的是觀景者（我）「披晾著含香的衣衫」的圖像；最後以窗外「赤松仍在，茫然中堅持著」突出無畏於蒼涼、茫漠的晚景。林彧以現代生活語言，隨手勾勒山居所見之景，寫出了秋日黃昏之境，與王維在〈過香積寺〉所寫「古木無人徑，深山何處鐘」也有異曲同工之妙。

林彧因為蟄居明山秀水之處，這類山居詩作甚多，有隱逸者與山風、明月對話的閒情，也有獨居者與眾樹、野徑私語的託依，這是和王維詩風略近之處；但他也有與王維不同之處，他的山居詩作在嫻靜、豁達之外，也每有潑辣、諷喻之趣。〈遠路山村兩首〉收〈愚人探春〉、〈醉漢走路〉兩帖，都以諷喻的筆法，寫山居所見的旅人，前帖起筆就是「你們盡情搜刮吧／濃霧已經填滿了空山」，接著諷喻旅人前來賞景，無非是回到自己的窩「整理電子圖檔」。旅人既去，「只剩春風陪我在高處／翻閱：流水匯合的紅塵」收尾，頗有美景只刊孤芳自賞的冷傲；〈醉漢走路〉則以潑辣、狂誕之語，描摹酒客「醉翁之意不在酒」的語調：「貓不喝酒，貓走開／狗不喝酒，狗走開／老鼠也不喝酒，老鼠去睡吧」，令人莞爾，對照末段「山村的後門還沒關上／我要爬上屋頂／啃嚙蛀蝕的月光」的隱喻，既寫出醉漢的狂想，卻也深描了山居的淒美和寂寥。

林彧的山居詩作，有古典的意蘊，也橫溢現代詩的意象斜出，這與他自國中階段就同時出入於古典詩習作和現代詩創作有關。這本詩集收錄的這首〈夏日幽草〉，脫胎自他寫的古典詩，兩相對照，便可印證他鎔鑄古典與現代於一爐的駕馭功力。根據他詩後的〈補綴〉，先寫出古詩：

斜暉未肯駐，幽草澗邊生；
山溪盪野氣，蟬嘒鬧荒城。
歸鄉十二載，幻影如天星；
憂思暫或忘，明滅霧中燈。

這詩的意境綿長，以「斜暉」、「幽草」、「山溪」、「蟬嘒」呈現山居的明淨、空無；再以「幻影如天星」、「明滅霧中燈」寫歸鄉蟄居之心境，感時間之虛幻無情，悟人生之明滅無常，耐人尋味。

改寫後的現代詩則以另一種語法出之，保留了前述古典詩中的關鍵意象語，卻脫陳出新，展現了現代語法的動態趣味，如「澗邊的幽草，隨風搖擺」的「搖擺」、「慰留不住抽腿的斜陽」的「慰留」與「抽腿」，以及以下各句中的「蟬聲隔水拉鋸」（拉鋸）、「山溪挾持著野薑」（挾持）、「花香，奔赴墨色」（奔赴）等動詞的介入，讓新寫的〈夏日幽草〉更添現代社會山居隱逸者的時光飛逝之感和無可奈何之情。

在台灣文學的創作領域中，隱逸者作家多半是散文家，如陳冠學、孟東籬、粟耘等，現代詩人中，大隱於市的周夢蝶之外，林彧或可說是少數隱逸詩人了。

三

《一棵樹》這本詩集，除了開創現代詩人的「山居／隱逸」路徑之外，在疾病書寫的部分，延續前一詩集《嬰兒翻》之作，也甚有可觀。這類詩作主要集中於卷三「有病」。「有病」計收十六題，廿一首詩。這些詩也是病後詩人復健的日常，林彧以詩寫中風之後瘸腿（長短腳）的苦痛、復健之路的艱辛，也寫自己如何以不聽指揮的手拿筆寫詩的心酸和堅持，幾乎每一首都令讀者不忍。

〈失眠。一條根〉寫他中風兩年之日，夜裡翻轉難眠，痠疼難當的情境：

痠麻在作亂，從筋骨
深處，發作起來，夢都震裂

左側分崩，右側離析
悲痛不過如此：

寸步難行。
坐立難安。
有苦難言。
天明，猶如蛋破之混沌
狠狠貼上六張一條根
條條封住眼耳鼻舌身意

痛，是醒後之事
苦，是夢的開啟

這首詩以直白的語言直接陳述患者的痛苦，不假修飾，卻讓讀者深切感受疼痛難免的痛感。一起首兩行「痠麻在作亂，從筋骨／深處，發作起來，夢都震裂」就筆力萬鈞，震人魂魄；第二節直接使用套語「寸步難行」、「坐立難安」、「有苦難言」，以類疊語法寫行難、安難、言難的病況，直接陳述真切的苦痛，打破現代詩不用套語的潛規則；緊接著「狠狠貼上六張一條根／條條封住眼耳鼻舌身意」，既是疾病紓解之實況，又有病痛之人期盼六根（眼、耳、鼻、舌、身、意）皆清靜的祈祝。最後兩行「痛，是醒後之事／苦，是夢的開啟」則以警句之語，寓病中人生日痛夜苦，只能與之共存之意，收綰俐落，饒富哲思。

〈踩梯練習〉更是舉重若輕，寫出了復健者面對復健行程的艱苦心境：

我小心扶著
自己，向上攀爬
怕撞歪了別人的背影

我扶著自己的
心，下階
黃昏，日落
遙遠的夢海邊緣

星星飆飛，那是我
長了無數的翅膀

這首詩只有三節，節節推進，寓意深長。第一節寫復健者小心翼翼「扶著自己」向上攀爬的苦，這苦不是爬不上去，而是「怕撞歪了別人的背影」，傷了陪伴復健者與親人的協助；第二節寫自身心境，所以扶著的是「自己的心」，感慨的是「下階」的狀態，人生已是「黃昏，日落」，所剩無多，而復健無期，滄桑之感，溢於行間；最後一節，直接進入「夢海邊緣」，有「星星飆飛，那是我／長了無數的翅膀」，對照前兩節上下階梯之苦，對照人生的日落之傷，這苦痛無論是重回童年或化為天使，都叫人為之心酸。

面對這種不良於行的病痛，詩因而成為詩人的救贖。林彧寫〈醫囑〉，了解到「一日中風，終生在風中」，「想要復原，就勤於復健」，就「跟你寫詩一樣，提腳了／只能往上爬，向下便會摔跌」；〈長短腳的日子〉說〈我已甘於這種日子／長短腳不便遠行／我，用心翱翔〉。在苦痛之中，用詩的書寫來治療病體，用心來翱翔的決志，終於讓詩人林彧重生，〈針灸後試筆〉，就寫出了這樣孤獨而幸福的心境：

攤平稿紙，手掌
輕輕一拂，天空的
星星被我擦亮了

在方格裡，一顆一顆
填上明明滅滅，晶閃的
心思，獨行，但是幸福

四

的確，對詩人來說，詩才是他最可貴的生命。《一棵樹》的結集出版，讓我們看到了一場大病之後，跌宕於生死與悲欣之間的林彧，以詩來療癒病體、創造超脫於身體病痛之外的心靈生命的具體成果。因為生病和人生的多種破折，讓林彧在入秋之後的歲月中遍嘗苦辛，他的身心都遭受嚴重的擊打，兀立蒼茫霧中，彷彿不見前路。詩的書寫，則為他的生命打開了新的、光的出口。繼《嬰兒翻》之後推出的《一棵樹》已經可以看到定跟在地平線上的一棵樹的盎然綠意。

《一棵樹》的諸多作品，讓我們看到林彧因為生病而蟄居山林之間的詩的日常。這日常指向台灣詩壇少見的隱逸詩的細小而嶄新的路徑，他是開創者，雖非自願，卻因為他的山居書寫而以「隱逸詩」豐富了台灣現代詩的多樣面向；同樣因為面對病痛，他透過詩的書寫表現的「疾病詩」，連結著疾病與身體、與生命、與苦痛的三方辯證，表現了新的方法和深刻的領悟。這都是這本詩集值得一讀的特色所在。

除了這兩個特色之外，林彧還是詩的多重探索者，他從年輕時就擅長以小而精悍的短詩，表現靈光一現的逸趣，如卷二「短歌」、卷七「隨想，或者所謂截句」所收短制；擅長以反諷、諧擬的句法諷喻現代社會（政治、經濟與民生）的諸多病態，如〈一直睡〉將「睡」與「稅」諧擬反諷的諧趣，如

〈餘不一〉的諧音書寫；擅長以後現代的拼貼、鑲嵌手法再現資本文明的荒謬現象，如〈剛剛〉以臉書上臉友所寫訊息加以拼貼成詩，如〈。。。。繼續閱讀／夏日行吟〉鑲嵌網路新聞閱讀的慣用語「繼續閱讀」，延伸出一段荒謬敘事等——這些書寫長才，在《一棵樹》中也仍有諸多鋪陳和表現。這類作品，因為林彧的病後復健、因為隱逸山居，與社會保持一定距離，而更形辛辣，也是讀者不宜錯過的。

很高興能在《嬰兒翻》推出兩年後，又見林彧推出全新的《一棵樹》。《嬰兒翻》於二〇一七年出版，宣告了詩人林彧的重出詩壇，當年就入圍台灣文學館主辦的「二〇一七台灣文學獎．新詩金典獎」八部作品之一，最後在五位決審委員票決下，林彧《嬰兒翻》、李進文詩集《更悲觀更要》同獲二票，蘇紹連詩集《無意象之城》一票，而宣布該居得獎作品從缺——雖然不無遺憾，已足以印證林彧寶刀未老。這本《一棵樹》的誕生，在延續《嬰兒翻》的部分主題之外，更因傷痛已去，沉潛愈深，而有新的寫作路徑的開展和生命反思的底蘊，愈形堅實。

在疾病之前，以詩重生；在歲月與時間的考驗中，以詩長成一棵新生之樹，生死與悲欣將會日漸淡去，星光將擦亮不朽詩句，一如林彧在〈蝸居〉這首詩中所示：

我無
所謂，只能踱步
斗室之內，我無所
偽：長日已盡，夜梟
四鳴。我無所為
與世同病；我無所為
與時俱老；我無所為
星光為我擦亮
滿天詩句，我，無，所，畏

賞析

論林彧現代都市詩與現代山水詩的美學

尹凡

一

收到林彧從山上寄來的新作《嬰兒翻》，詩集封面是以黑白的素色調為基底，詩人坐在輪椅，雙腳離地，置於輪椅的踏板上，輪椅下是大面積光亮的地板，地板上映出詩人的模糊身影。封面側邊的題詞像是在對虛無空間的口白：「明明是／逐漸撿回／被盜的天賦／我卻／有種收復失土的／吋吋激動」，暈染出空間中缺陷美的格調，時光停滯於一瞬，視窗以外是過去與未來已被詩人清掃過的痕跡。這種精神空間，在蔣捷的〈虞美人．聽雨〉中也能看到：「少年聽雨歌樓上，紅燭昏羅帳。壯年聽雨客舟中，江闊雲低，斷雁叫西風。而今聽雨僧廬下，鬢已星星也。悲歡離合總無情，一任階前點滴到天明。」」。

若無特殊因緣，我們對物質、精神、社會所依附的「空間」是無感的。我們不曾思索過空間與身心的主客關係；空間的概念只被表徵為一種無實質的存在物。我們在空間之中，卻察覺不到依空間而因緣有的生機，慢慢地喪失了對生命的審美能力；我們有時會懷念過去的美好、或不安地隨緣前行，讓自己身不由己，向多元終點流動。我們一生在求不得與怨憎會中反側輾轉，心底盼望著有留住或抹去時間的能力，卻任身心隨「時間流」翻滾而去，而誤認空間總是隨侍在側，不知空間的歷史是客觀的，是一座座固定的明鏡台，每一座明鏡只反射一個剎那身影，人在影在，人去鏡空（意即歷史是共時狀態與共時狀態的轉換結構，生存只能分析而無法解釋）；組合一生的鏡影，在理智或感情裡剪裁，成為這樣那樣的生命大空間，嘆息著生命本質不過是虛無的泡沫、幻影。唯有詩人能在單純的特殊空間裡，從支離的身影片段，直觀出生命純潔的形式；忍受著切膚之痛，但也將時、空咀嚼反芻，而吞吐出一個個空間，從中檢擇靈光反射，篩選出黑白或彩色的生命格調，塗在大空間中標誌著生命的存在。

在一九八〇年代，林彧任職時報周刊主編，於繁忙的工作中，對人生的價值感到茫然，乃以現代詩探究、反省生命意義；此時詩中的主題，是以上班族的主觀經驗，透過現代詩這種文類向城市課題進行系列的思索。這些嚴肅的話題，林彧在《夢要去旅行》詩集裡，客觀的空間與主觀的心靈還是各居一隅，沒有互動關係，詩人只有在忍耐不住孤獨裡，撫觸生命的無奈感，憎恨著環境。讓精神在茫茫空間中孤立，找不到聯結處。

林彧於都市生活中，在快速的時間節律裡，練就空間轉向的敏感度。林燿德曾對林彧的城市詩作有如下批評：

八〇年代初葉，應當被詩人關切的白領生涯題材，總算在林彧的筆下及時大規模的執行；如果說林彧應景，應的也是新時代的實景，而非詩壇流行的風景，他的眼光與膽識是值得吾人稱許的。

但是林燿德此文是針對林彧在特定時空背景下的敏感而言，其書寫是後現代現象的興觀群怨。另外余光中在〈拔河的繩索會呼痛嗎？〉一文說：

目前的台北、高雄等地有的是現代大都會的新現實，等待新的知性和感性去探討，新的語言去表現。林彧，正是這樣的一位新人。在紛紜複雜的都市生活裡，他扮演的角色，是受薪階級青年知識分子的代言人，用生動的形象演出他這一類青年的恐閉症和無奈感，以及在人群的壓力下力圖保持個性的欲望。

余光中在序文中曾稍提及環境與心理的交互作用，但也許是因為序文猶得討論輯中包含五種方向不一的主題，以致把城市詩的部分大略帶過，僅止於挖掘出心靈的幽暗，無暇詳論詩人書寫城市詩的企圖。

林彧曾被當時的文壇肯定為第二代的城市詩人，是繼羅門之後，書寫城市文學詩的佼佼者；但是天有不測風雲，林彧離開媒體界後，又在近年橫遭母喪、失婚、重疾的身心挫折，詩風一變，《嬰兒翻》與《夢要去旅行》模擬造境的風格，判若兩人。

詩，是心靈從裡向外的激發作用，與空間由外至內投射是互為因緣的；欲分析林彧的詩，筆者思索著：如果運用法國都市理論家列斐伏爾（Henri Lefebvre）所提出「表徵的空間」（指在特定的社會空間內具有象徵意 義或文化意義）的概念，能否解釋城市或山水含攝的格調，具有怎樣的文化意義？不同的格調又能凸顯出怎樣的象徵意義？本文嘗試借用此種空間理論，觀察詩人「關於真實和想像的旅程」的空間活動（即空間既被標示、被分析、被解釋為精神的建構，又是關於空間即生活意義表徵的觀念形態。）。在相異的活動空間，勘查林彧的城市詩與山水詩所生產的格調，分析詩人從理性的客觀空間（第一空間）之主體流動至感性的主觀空間（第二空間）的向度，以證實林彧的詩風的變化是受實體空間的影響，形成了感受得到的現代與古典的氛圍，最後，再勘查林彧的近作，對第三空間的徹底開放性之實驗，所建構出現代詩美學的成果。以文本及詩人歷史進程，闡釋空間變遷，使早期城市詩裡縈繞不去的離散感消融而在山水詩中趨於和諧。本文依此空間理論，嘗試著實踐文學批評的一種方式。

二

1. 現代城市詩時期

漢文系統的「格調」一詞所指甚廣，塑造格調的手法如：命意造語、點化用事的形式表現；或將欲語而未語的詩趣、句法，或蘊湮詩體、風調於文字的精髓內；從表象的不言之意中烘托出深層結構，使人能領會不可言喻的內涵。詩家有以綺麗勝、有以閒適勝，有以含蓄或壯闊勝，以作為詩人風格。而總括各家文氣之風格神韻，一言以蔽之，稱為詩家「格調」。

林彧的詩法，無論是表彰早期城市詩的抑鬱或近期山水詩的淡遠，皆能擅以「點化用事」的手段稱長，顯示格調；雖然期間經歷空間的迭變，但對詩的創造性想像運用，都可適得其所安置，而造就出各式風格。這種現象可證出「空間」對詩的作用，既非客體，也不是主體。空間與格調的關係是以因緣的不確定性的組合存在，無常的空間因素加上可變易的思想，所生產的格調是隨緣而有，這也能解釋林彧的詩集中，詩風的所以相異的機轉。

林彧對現代詩「點化」功能的經營，是以借用、改用和化用既定的意象收為己用，消融在自己的詩意境內。我們以《夢要去旅行》的十二首都市詩中來觀察點化的運用，其中有〈名片〉和〈D先生〉兩首詩都使用「空罐頭」作為隱喻。〈名片〉第一段的「空罐頭」是：

他們有些已經鼾聲雷動
有些仍在酒肆，有些
在黯澹街燈下踢著空罐頭

〈D先生〉的「空罐頭」寫在三、四段：

他脫掉睡袍，走在月巷
踢到一個鋁罐，空空地
響著，可能是水果，可能是〔筆者按：「響」、「想」諧音雙關。〕
魚卵罐頭，曾經壅塞現在卻是
空的。什麼都被吃光了

只有我的神經線還被撥絞著
誰都飽足了，只有我餓著
餓著與他們被擠在罐頭裡。他想

罐頭作為一種容器，其內容物是與外界隔絕而自成穩定系統的空間，其價格低廉，在室溫下能長期貯藏。於詩中「點化」出做為被剝削的受薪階級者的隱喻；詩人在上班時與外界隔絕，心靈是處於密封的狀態。在「理性的客觀空間」（第一空間中職務的負擔）發現自我被朝九晚五的時、空所封閉，察覺到感性的飢餓狀態；發現身心都被掏空，自己好像是個用完即丟的空罐頭。因此詩人在詩中以身體語言「踢」的意象，表現對自我被輕視的憤怒，卻以理智自制，不敢向外發洩而無奈地吞忍下來。此時林彧在理性的客觀空間所表現的現代城市詩意象，是躁動的、充滿極度克制的格調。

一九八六年，林彧的第二本詩集《單身日記》，沿續著城市詩的書寫路線，同樣以理性批判的角度，對城市文明價值，感到無奈，然而增加了放縱的心態的點綴，生產出虛無的情境。到一九八七年，林彧的書寫主題朝向故鄉，結集成《鹿之谷》，這時的目光雖注視著山林，然而對故鄉的空間是童年的影子，情感猶存但心靈已非昔日，故遺憾操縱著主題。一心是疊印著兩個截然不同的空間景象，一身又無能出入其間，結果筆調仍與城市同樣浮動著傷情無奈的格調。存在林彧的心靈中的故鄉，空間是凝固的，因此他以批判城市空間的同樣筆法，砍向山林。

2. 現代山水詩時期

《涅槃經》十四：「譬如從牛出乳，從乳出酪，從酪出生蘇，從生蘇出熟蘇，從熟蘇出醍醐。」，若欲從醍醐覓乳了不可得，然而醍醐從乳來，無乳即無醍醐，空間之性亦如是，現實空間與過去未來，仍然是因緣有。然則「醍醐」與「罐頭」兩者的空間屬性不同。上文中罐頭的所指，是喻心靈的封閉系統，被禁錮於無立足之地；而乳至醍醐的熟成，必須是開放性系統，要與外界空氣接觸才能產生化學的發酵作用，是對大自然坦然接納。當詩人回歸於故鄉溪頭二十九年後，心靈倘佯在山水的性靈薰習中；然而，在同一個時空，親情的、身體的成、住、壞、空也迭次而來。幸而詩人久受山林啟示，終有所悟，從此捨去語言的矯揉作態，放下文字的扭曲鑄造，意境趨向淡遠。五代後梁・荊浩於《畫山水賦》曾云：「遠人無目，遠樹無枝，遠山無皴。」當詩人與紅塵之間若即若離，意境自在筆墨外，而呈現出山水格調。

向陽於《嬰兒翻》的序文裡，將詩集中的體裁大致分成四類：山水、親情、世情和疾病，從分類的性質觀察，詩人雖隱於山林，仍不離人間，繼續披沙瀝金，在五濁惡世中以山水詩簡擇心靈的光輝。向陽說：

……詩作，或因眼前所境之景而發，或因心內所動之情而寫，無不靠近最真實的生活場域，也無非都是林彧真情流露之作。久而久之，也就自然形成了迴異於「都市詩」時期的語言風格：他以素樸的、生活的語言，抓攫閃過即逝的景象、感悟，乃至吉光片羽，都寫入詩行，讓看似平素無奇的日常生活，在平白可讀的語言中，重新被看到，也重現其中新奇、鮮亮而又具有啟發的新的意涵。

此篇序大致從語言與意境上談，立論甚為精確。「格調」之說雖未被明文提及，然可理會向陽的序文亦含此意。以下，我們挑選集中的現代山水詩二首，試以空間理論與格調說作為闡釋林或現代山水詩的支撐點：

〈荒池落月〉
山泉停止噴湧了
赫見一輪銀圓擱淺
在夢的邊境
有條蜿蜒的小路
可以探詢永恆的花園吧
我沒發問，松果
別急著搶答

〈昨晚送客後，已是深夜十一點，外出小散步，在小溪邊，遇到了這顆超大月亮在水裡洗澡，拍照後立刻回家寫詩。今早醒來，卻遍尋不著昨晚的手稿，只好重寫另首誌之。）

2016.11.14

山水詩重在自得，詩人從靜中體貼到蠢動的審美，空間彷彿是停在不動中，卻悟見靜亦是蜿蜒而去的動。首行的「停止」是動詞確有使之靜止的意味，「赫見」到「擱淺」、「蜿蜒小路」、「探詢永恆」、「沒發問，急搶答」皆為靜中無心的觸動。從恆靜之動點化出永恆的存在，感受到真常唯心所成的空間相，這是感性的主觀空間（第二空間）的本質所形成的格調。

〈黃昏的赤松〉

回家的路上，我撥算鳥聲
每滴啁啾都在雕刻著你的寂靜

你伸出的枝椏正準備迎接
黑幕垂降，樹臂要拋扔星斗

轉入晚年的小靜，我知道
黃昏不昏，赤松赤心

此詩以組合橫軸的轉喻，將松與我的關 係聯結，使松與我得以合為一體，並在松的所指系統內產生意義，達到傳遞概念的效果。論語：「歲寒而後知松柏之後凋。」，松有既定的象徵意義。以鳥聲為刀，詩人（或者說是松）任啁啾聲雕刻出寂靜的形狀，安置於天地間聳然矗立。向陽說：「這詩有王維〈山居秋暝〉的恬淡。」是指此詩的格調而言，而還未言及此詩點化出物我渾然的空間存在，是得兔忘蹄的美學技巧。詩人見松傲骨崢嶸，老而不昏沉，赤心仍在，放下手上掌握的繁華晶亮，隨順未知的神秘黑夜來到；詩人此際與松同體共時，一副兀然無事坐，春來草自青的閒適，自有莊子〈齊物論〉中任運自然的格調。這是本文於前言曾主張「林彧受實體空間的影響」，從感性的主觀空間（第二空間）的向度，讓詩中的格調，趨於簡素、寂靜、脫俗的和諧人生。

3. 容納社會性的現代山水詩

如今，林彧仍持續在現代山水詩的美學之路行腳。我們從其近作〈月缺〉，發現他嘗試將山水詩的容納空間，擴大題材範疇，實驗著將山水詩的景物對象加入具有主觀性的人情世故，摻攪於山水之內；詩中雅與俗的語言混用，雅語遮掩俗意，俗言包容雅興，雅俗一色意圖遮掩醒目人物，消彌了主體人物本具的強烈主觀性，進而生產出傳統山水詩不同的格調。但讀者即使以閱讀山水詩的角度進入，仍可與山水情境無違和。傳統的山水詩將人物淡化隱晦，林彧的山水書寫卻背道而行，卻又能與古典山水詩殊途同歸。這種空間處理是前言提到的「第三空間」理論，「他既不在第一或第二空間，卻又包容此二空間，進而超越這兩個空間」。也是佛家性空論者所謂「芥子納須彌」的空間。

我們先選柳宗元的〈江雪〉比對，做為說明：

千山鳥飛絕，萬徑人蹤滅；
孤舟蓑笠翁，獨釣寒江雪。

〈江雪〉中的人是空間裡「靜」元素的標本，彷若世界是一幅從相機攝取的照片，人的流動在不流動性中「止靜著」，讀者的文化想像是詮釋性的，而不僅止於描述。而林彧的〈月缺〉詩中一開頭，人物已攜來事件，讓情節發生，是描述性的，以「動」為先導，再引領讀者進入闡釋性的文學想像：

那人攜來的心事太多
水壺的汽笛為此終宵嗚咽
蟲蛀的玫瑰一瓣一瓣
摔落，她的美麗與哀愁
難過，不是因為
沒有，而是曾經有過

（昨晚開捲鐵門，拄杖要跨街購物，卻瞥見有一女子於廊柱下飲泣。問她何事？一抬臉，竟是舊識。因為無約，怕被拒，乃躊躇，不敢扣門。

延請入內，沏泡一壺老茶招待。就此，她叨叨絮絮，時哭時笑。從三次婚事失敗，一路回敘，商場的奮鬥、親友的背叛、年輕的幻夢……柔美的嗓音，讓我忘記吃藥；細細的魚尾紋，更添加故事的真實性。我一路點頭，點頭，點頭，終至打起呵欠。

送客後，見天央一勾月芽，便拍了幾張照片。今午寫詩欲配圖，果真淒美，遂換上草稿。與其具象，不如無象。）

〈月缺〉像一部後設小說所改編的電影，引導讀者進入沒有答案的現實，運用映襯法修辭，快速轉移場景，隱喻自然中的每一事件，追究到底都具有共相性，進而使讀者反思現實的人事、景物形象，主體雜而不亂，閒適於其中自然標舉。詩中：「悶住的心事」反襯「終宵嗚咽的汽笛」，讓空間裡有聲、無聲更迭，荒謬地呈一色。「心事」與「蟲蛀」、「玫瑰」與「她」互相轉喻，齊在「哀愁」與「美麗」的對襯中共飛。詩人再以不執兩端的不肯定語作收場，建構不動心的詩趣，在不垢不淨的空間中呈現從山水詩衍化下來的格調。

林彧此類的詩作還未多見，稱為作家本色還言之過早，然出人意外的轉化，令人注目。從林彧詩藝的變化多端，我們也發現現代山水詩還隱藏著許多不為人知的進路。

三

空間與身心是互為依存的關係，身心空間由身心生產，同時也生產身心，類似唯識學的種子與現行輾轉因果說。從林彧詩觀的遞變過程，我們見到其現代詩格調的轉化方向，均可用空間理論大師亨利．列斐伏爾的「三元辯證法」給予解釋。林彧的詩作形式，也有大幅度轉化，前期的詩作中常以「點化用事」的手法，能指於遠距位置讓位於所指的形象，以淺白文字作客觀表述，所現的意象趨近讀者成為詩人的主觀代言者，亦擅長諧音雙關修辭，玩弄文字，如此主客互替，甚而重疊，多動少靜，浮現出潛意識的燥動不安。後期詩藝手法仍在，但主客不刻意保持距離，文字與意象形式在古典與現代之間穿梭。詩作也常有疑問語作為一種人生觀符號。隨手翻開《嬰兒翻》

就有：〈霧台〉、〈機關〉、〈留下〉、〈調戲金雞〉、〈那年在綠島港口〉、〈冬悟〉、〈夏午疾雨〉、〈躲雨〉……等等二十首，占有一定的分量。透露詩人把社會空間融在自然的流程中，僅提問題而常不給答案，象徵動中有寂、靜中有照的廣闊空間。故由此辨認詩人的進路已朝向「第三空間」的證據。

林彧的作品在城市詩時期，批評文章很多，自是褒貶不一。他離開文字編輯的繁華位子後，已銷聲匿跡多年，山中的門庭苔痕上階綠，但從不離捨的還有詩、茶、酒和入簾的草色所帶來的傷心、傷身事，彷彿頗不寂寞。筆者站在長期觀察林彧詩作的位置上，也彷彿看到了現代山水詩的這一流派，詩人剛揚起一波風濤。

賞析

森林蓊彧處，讀詩

游淑貞

詩，相遇

二〇一七年夏，詩人林彧繼一九八八年一月出版第四本詩集《戀愛遊戲規則》之後；間隔三十年，再以《嬰兒翻》詩集復出詩的江湖。這一本詩集出版前，我們彼此在錯綜複雜的網路牽線下，早已成了所謂的臉友。他在臉書上寫下：「這一年，端午，中風；中秋，失恃；十月，仳離」，這一行字，透露他在跨進花甲之年，所遇到的挫折與困頓。很難想像一個人遭遇到這些繼之而來的打擊，何以面對？如何承受？我想，發抒在臉書上的每一首詩和留言，對他而言，都是一次次的療傷，也是真實心情高壓之下的出血點，讓他可以釋放生命的苦厄和多舛人生中，那種不堪聞問又深埋於心的苦痛與哀傷。

《嬰兒翻》詩集中的每一首詩，都有林彧深沉的心情體悟，和世情反芻後的哲理。其中〈復健兩首〉之一，乃與詩集同名的〈嬰兒翻〉；寫的是中年中風之後，重新以嬰兒翻的姿態，翻身學步。重新舉足，重新向前，重新賦予翻轉生命重生的無限可能：

翻身後，我像剛滿月的
嬰兒，在復健床上無知地笑著

明明是逐漸撿回被盜的天賦
我卻有種收復失土的吋吋激動

我看了這首詩，再看詩集封面，詩人坐在輪椅上的背影，及淡墨色調中由左上角切落的天光；這張背影和〈嬰兒翻〉詩，讓我有感於詩人的遭遇，也讓我寫下〈試讀詩人《嬰兒翻》二首〉。這篇介於品詩和箚記型式的臉書貼文；也成了我和他之間，詩的相遇與默契相予。

二〇一九，林彧以《一棵樹》為書名，再度集結近兩年以來的詩文創作。這些詩有極大部分都在他的臉書張貼中，被看見。尤以配上他所拍攝的照片或提供音樂，是網友近乎追逐與按讚的狂熱對象。而他，卻以不假妝飾擦脂抹粉的率直與狂逸，和不失素樸純真的文字回應。詩人以詩，打開了生命中的潘朵拉盒，真切地將他對人對事對日常生活，及突遭變故身心失恆失恃失妻的個人際遇，分別以「尋常」、「短歌」、「有病」、「思親」、「送行」、「懺情」、「隨想」分篇；入之以詩的是：日常柴米油鹽醬醋茶的生活體會與感悟；人與人與土地之間的情感書寫；以及一路走來生命中的每一段吉光片羽。

個人有幸以後學身分，能於《一棵樹》詩集出版前，先睹為快。讀詩就如品茶；在甘霖入口回甘後韻前，有其必要過程。就以詩人近十三年回鄉經營「三顯堂」精製凍頂烏龍茶的製程；必須經歷採青（茶菁）、日光（室內）萎凋、炒菁、揉捻、乾燥與焙火的過程一樣；詩的熟成與甘美，更在時間的拿捏和等待。好詩如茶，泡一壺好茶陽光、水火、原料比例與溫濕；入喉後的回味，都是必要的等待和醞釀。翻詩而讀，也是這樣的歷程。是以提筆書寫，不揣淺陋，願以此試讀並回味其中數首；藉以分享詩人林彧涵醞其中詩的精魂與苦心瀝血之作。

心，讀詩

詩的美；美在聲韻，美在文字的清奇富麗，美在予人有想像的寬廣，意境的鋪陳和深遠。而詩的曼妙更在於透過每個閱詩人的眼光、心境和自身對美的感受，於生活經歷的印象和轉化；而有了更多詮釋和轉譯的可能。所以「詩無達詁」，對其內容的看法和解釋，往往難有定說；所以詩同時可以容許並涵納一種以上，不同的見解和觀點。

讀林彧的詩，就有這種特性；看似平易近人，然言簡意賅中，饒富多重意涵。短短數行，卻往往予人反復深思。用詞簡明，意象深刻，他的詩絕大部分是摘取生活周遭所見所聞所思；也因用字遣詞明朗不晦澀，甚至能以接地氣，趕上時代的用語，讓人移步親近。

林彧，聰明早慧，悠遊詩林，在詩壇成名甚早；然於真實生活中，卻難避免沉重的生活壓力，旋轉於人情世故中。或於詩的才情，方是他心所繫，情相寄，一生懸命的所在。他在〈嬰兒翻〉詩餘中提到「歲月多舛，幸好有詩相伴；詩句雖短，卻足以懸掛一生」。他在詩裡，天開雲潤，也在詩裡定位自己。

在春日，為詩朗讀，也為詩人的詩，寫下讀詩箚記。礙於個人才疏學淺，勉以讀者身分，試讀他筆下的幾首詩，分享我他詩中的世界，所思所感。

1.〈一棵樹〉

每個人的心中都要有一棵樹。
扭曲的樹。糾纏的樹。盤繞的樹。
每棵樹都要抽芽。開花。結果。掉落。
遮蔽著天空。篩落下無數光點。

每一棵樹都允以希望。夢想。幻滅。
每一棵樹都懸掛著痴昧。與清澄。

安置著疲憊的心。安置著喜悅的心。
每棵樹都和每一棵樹有著距離。
互相支撐。互相搶奪。並且。互相孤立。
因為牢固不動。一棵樹遂被走出了許多小路。

墜落的。只是歲月。
老去的卻是不礙事的時間。
一顆樹。因你而生。
一顆樹。因你而死。

2012.09.14

這首詩，〈一棵樹〉是譬喻；可以譬喻「情愛」、「心思」、「想法」或「理想」等等，換個角度來看，也可以泛指「家」、「婚姻」等等存在的可能。甚或在每段的書寫中，兼具抽象及具體的同時並存。詩，不囿於一家之言，也不拘泥於既定的答案。任想像的翅膀，讓詩有了更多更遠飛臨的空間。

是以，嘗試在眾多的可能性中，分由「家」（婚姻）的具體概念，及抽象的「心思」各置於詩；二者皆能有合理的解釋。於此，以〈一棵樹〉就詩的兩種觀點，併陳於後，分享觀詩心得。

（一）

設以「家」的概念看詩；林彧在取名〈一棵樹〉，詩的首行，即以「每個人的心中都要有一棵樹」來破題。一如「每個人的心中都要有一個家」；不論家庭的組成型態如何？是扭曲糾纏或盤繞，家的成員都會歷經生命孕育、誕生、成長乃至離開。家可以是保護層，避開外在環境的變遷與破壞，同時也在昏暗之際，給予微光照路。

家的結合成立之始，都是希望與夢想的應允和期待；但也難避開彼此想望落空的可能。親愛有情的彼此，相待之間，也會有痴愚扞格，或心情的雲開霧散。家，是奔波之後的歇息處，也是彼此分享的歡樂時光。家和家人之間，也會存在著矛盾和交錯。彼此互相扶持，也會爭寵內鬨，甚至不相往來。家，是顧守也是固鎖的地方；是心的出發也是回歸的地方。相對地，生活的一成不變，乃至一灘死水，令人窒息，令人難耐，想要出走……這也是另一種解讀。

生命歷程中，不斷往後退開的是時光；而不得不繼續的，也是擋也擋不住大步踏前的時間尺度。時間，不會為任何人停止腳步，自顧自地往前走，從來都不礙事。可，人在其中，生老病死；家在其中，振興起敝或由盛而衰或如殘燈末廟，火燼灰冷。

歲月如流，零落將盡；家，因人而生。家，也因人的離開，而散逸。

（二）

〈一棵樹〉，亦可象徵生命（心中所思）。樹「抽芽」是希望的萌生；「開花」是熱烈的渴望；「結果」是願望的達成；「掉落」是盼望的落空。和下一段的「希望」、「夢想」、「幻滅」相呼應。希望與夢想使人喜悅，然而，有時也會陷於空想，陷於癡昧不明，虛無不實。當期待落空，引來的是滿心的疲憊；當癡昧消失，心思澄明時，也會喜悅；但這種喜，和之前期待與希望的喜是不同層次的。

每個人，心和心之間有著距離，就像植物有著自己生活的空間與發展方向；彼此會因需要而相互支撐，也會因方向不同與利益相斥而搶奪。因此，個體和個體間相互孤立。因為心的牢固頑強無法改變，導致各自另尋出路，發展出不同方向。

心會生老病死，會期待、會幻滅，如同季節的更迭，墜落的歲月是身邊漸遠的風景。人老了，空了，時間反而感覺綿長。沒有期待，當然不會再有失望與疲憊。

一棵樹，因生命的到來而喜悅，也因生命的離去而消亡。

2.〈冬窗數發〉

坐在巴士的逃生窗旁
思緒沿著山路飛拋
冷漠的風景，被寒風撕成亂絲

發現：世界以我背道而馳

冉冉升起臥室的厚帘
冬日驅趕金毛鼠群，竄入我房
幾包檔案已遭啃嚙分食
發現：心事終究見不得光

我回想著那些人事物
昨天以前的都插上了翅膀
發現：記憶像銀杏葉
在玻璃外分撒無法觸及的輝煌

我寫著長又長的書信
一筆筆清算舊帳
發現：白紙上的墨字

正由雪地的鐵軌拖向北大荒

2018.01.15

讀這首〈冬窗數發〉詩題饒有深意，不免讓人有諧音「東窗事發」的聯想。

冬窗數發；點出季節場景，也點出了主題「心思的發想」。詩中摭拾生活無時不在的——初冬臨老的心境，冷漠的世景；也有藏在窗後見不得光的心事；有插翅而飛的昨日；也有以銀杏葉可以抗記憶力衰退，或借其堅　純情且永恆的花語，談過去的情與人。最後一段，則以自身身不由己的病體，迤邐拖向北大荒作結。

這首是寫給過往的詩；也是寫給現時的自己。每一節中皆隱藏著一面有形或無形的窗；窗可以開　也可封閉；推窗而出或迎窗而入。窗　窗外；人來人往；一窗之隔，也指事的兩面，背光或向陽。

節一首句，即以「坐在巴士的逃生窗旁」點出人生場景，際遇的繁亂；

惟有讓心情出逃，脫離現實地心引力的捆綁；暫時安置支離的生活。沿途拋下的是旁人冷漠以待，自身如亂絲般的心緒。藉由抽離，隔岸觀火般；冷靜地整理出理路脈絡。這才發現，世界「以」我背道而馳。這裡，不以世界「與」我背道而馳；兩者用字間，已把外在世界和自我之間的連動關係，巧妙地切割轉換成：「以」自己的主控立場，可以決定是治絲益棼，或斷然捨離的清明自處。

不再受控於外界的壓力，不再以厚重的窗簾，自絕於「外」。迎來的是「冬日驅趕金毛鼠群，竄入我房」；久違的日光暖暖，驅走室內暗昏。隱藏多時不欲人知的故人舊事，終要面光。陽光如鼠般侵入，攻城掠地大肆咬嚙；面對曾有過的惶惑不安與焦慮；是曝光後的坦然，不再封藏過往，不再受制於人。「心事終究見不了光」，節二段末句，是心情大破大立下的轉折——原來見了光的，不止是心事，還有久違的自我。

當往日的人事物面光之後，一一都像插上翅膀般高飛而去。然而記憶亦如銀杏葉般的堅韌活躍，不時在腦海中躍出記憶的窗口，飛撒如風的是一葉葉銀光閃爍，再也無法觸及的昔時風華。

末段「我寫著長又長的書信 一筆筆清算舊帳發現：白紙上的墨字正由雪地的鐵軌拖向北大荒」。詩人如同展紙敞開澄明的心，就著暗黑往事一筆筆記載下不堪回看的昨日；拖著鐵鍊般沉重腳步，越過皚皚白雪覆蓋下既定的路線上，急轉而向著橫生枝節分岔開來的人生叉路，心情如同荒涼無盡的北大荒。詩在此停頓，如同糾結的歷歷往事，彼此分道而去。

冬窗數發，亦是東窗事發；無可奈何的糾葛情愁。何妨借電影《一代宗師》對白：「葉裡藏花一度，夢裡踏雪幾回」……千端萬緒，終歸泯於一笑；無可奈何花落去。

3.〈**母親睡過的房間**〉

媽媽，天國不用輪椅吧
在你睡過的房間，天花板上
浮現出馬車的影像

媽媽，天國不用拐杖吧

你走後，我替你巡視故園
蹣跚前行，撿拾著你堅定的足跡

媽媽，年過六十，仍然無助地在暗夜裡，
夢囈般呼喚著
這會不會被當成軟弱的男人

傻孩子，屋頂漏水就要修理
你睡過的房間滴落著春雨的叮嚀
可是，媽媽這回浸濕的是我的眼睛

（夜半醒來，雨落，無事。嘈嘈溪聲中，似乎聽見老母在呼喚著：回家吃飯喔～～～）

2017.05.02 溪頭

孺慕之情，失親之慟，永遠是為人兒女心上難以癒合，一再結痂的痛。〈母親睡過的房間〉詩中，陰陽相隔的母子之間，透過母親生前所住的房間，有著奇妙的聯結；如同隱形絲線的纏繞，囓指連心的疼。

二〇一六年對詩人而言，是一個人生過境中最是顛覆的一年。端午；中風。中秋；失恃。十月；仳離。人生三大難題，接二連三而來。尤以自身中風臥床坐輪椅，神經殘留後遺症，失去獨立行動的能力，一切坐臥行止完全如初生幼嬰無法自主，一如他在〈嬰兒翻〉詩中所述「明明是／逐漸撿回／被盜的天賦／我卻／有種收復失土的／吋吋激動」急需仰仗扶持之際；失恃無依猶如棄兒，猶如斷電，身處人生最黑暗之處；無由慈母牽引，益加令其生如孤島無以為憑。

母親逝世前老來被輪椅所限，如同詩人；彼此生命的牽掛，命運的雷同，有著奇妙的並比。母親走後的房間，存留母親生前的氣息；那是詩人孤獨行走無方時，心情的依止。天花板上因雨漏，有著馬車的水漬痕跡；對此相望，如同望母，寄望母親身心不再受限，此刻如雪盡馬蹄輕的自由飛馳；

再不受身軀之苦。詩中一聲聲：「天國不用輪椅吧！天國不用柺杖吧！」、「蹣跚前行 撿拾著你堅定的足跡」，以此對照自身寸步維艱，猶自期許重新站起，重整家園的堅強意志，不言而喻。

花甲之年，遭逢巨變，屋漏偏逢連夜雨；恁是誰也難承受得起。已逝的母親是此刻精神的倚柱，是夜半夢醒四望無人時，聲聲呼喚的方向。唯有在母親跟前，回復童稚，如同黃口小雀般，可以放肆大哭或大笑；心有所依。六十歲臨老的自己，猶能承歡撒嬌，坦露著無助和軟弱，涕淚而下，放聲吶喊，何嘗不是人子的幸福。

「傻孩子，屋頂漏水就要修理」何其簡明的道理，一語道破天機；母親的叮嚀，般般如同生前，照護著偶爾跌倒的幼子般。了解自身所陷，也如漏雨的房間，唯有透過自己彌堅的修整；無以反其真。母親的叮嚀，恰如春雨，潤澤枯槁，回復生機盎然；此際在詩人眼底泪泪而下，猶如窗外溪聲嘈嘈；母親一語，如同甘霖。母親的房間，正是春來時節，安頓顛沛流離的生命；花開依舊。

4.〈夢不會隨著黑夜而結束〉

森林適合豢養白霧
哲學家最宜在字裡行間
散步。當霧氣消失
樹葉自青翠中甦醒
哲人逝矣，真理才得印證

而你，青春的戀人
在我雙瞳漸糊的世界裡
仍然翩飛著，笑臉與身影
一眼即是終生
一言也是鐘聲
看過就醉了；聽見就睡了
身苦的人因酣眠而得平靜
心苦的，為夢幸福

霧會在森林中，消匿
青春會從記憶裡，磨平
我會在蒼老的終點，聽候你的
夢，不會隨著黑夜而結束

眼望前去，人生有若一片濃蔭，莽莽密林，幽深玄妙；若無輕嵐白霧繚繞其間，何其沉重。霧嵐飄飛處，滋潤萬樹，也遮掩萬樹；而萬樹也予霧嵐落所在。人生一如霧中尋路，霧裡看花，霧起霧散，時隱時現。情愛如斯；深奧的哲理亦如是。惟有切身經歷，方知個中滋味。

年輕時有多少未竟的夢，猶站在歲月轉彎處，等待。在逐漸老去的眼眸中，青春依舊，猶如深閨夢裡人，遠行未歸客；總在燈火明滅中驀然醒轉。身影依稀，歡顏如舊，目光交會，如霧似夢；傾身而聽，如鐘聲悅耳。看一眼就醉了。聽一言就睡了。教人無限纏綿；即便霧走無踪，青春輾轉而去。

這首〈夢不會隨著黑夜而結束〉，是一首如鐘如磬，醒人耳目，盪人心魂的詩。

黑夜眠夢，「夢」在此，有二解——「身苦的人因酣眠而平靜」；這夢是緩解身體的「疲累」，得以「安眠」。「而心苦的人，為夢幸福」，這夢是療癒心的動力，是「希望」和「期待」；這夢，不止是抽象，而是轉化成具體的追尋和想望。所以，夢不會因醒來而終止，反而是在白日醒後，轉為實際的行動力。

即便身已蒼老，若心有靈犀；夢，不會隨著黑夜而結束。

5.〈隨想〉十則

品讀前述四首〈一棵樹〉、〈母親睡過的房間〉、〈冬窗數發〉、〈夢不會隨著黑夜而結束〉；這四首詩各寫於二〇一二年至二〇一九年；有其階段性的心情轉折和時間脈絡可尋。讀林彧的詩，會訝異於他體察天心，把周遭看似尋常的小事小物，或自然界的花草樹木風霜雪雨皆納入詩的發想；甚至顏色、光影、水聲、雲飄動的速度、花開葉落的聲音等等，都呈現字裡行間。詩的寬廣，原就在於寫詩人心的寬廣。能有此開濶的眼界與別出心裁的題材；是生活深刻體會外，也是匠心獨具的慧眼慧心。是以，尋常人未必眼到之處，在他詩裡常能意外開展出一片大山大海。讀他的詩，常有沿路拾花，沿途賞景的驚喜。

詩集中，另以「隨想，彧者所謂截句」為題的短詩（句）計六十六首。這些彷似隨意寫下的詩句，內裡有著童心童語的天真無邪，也有塊壘盡吐的爽直豪邁，甚至於有調皮搗蛋，揶揄嘲諷的意味……讀林彧的隨想，有莞爾一笑，別有會心的感覺。擷取其中數首，看林彧於詩的表達，有異於一般詩人；常有他自己獨特的品味，不只敏銳深刻，意象鮮明；他的詩，常在凡常生活的柴米油鹽中，不斷煎炒出各式奇饌佳餚，予人暖心暖胃的心靈饗宴。拜讀他如烹小鮮的小詩隨想；不僅不油不膩還餘韻無窮，讓人再三尋味。

1.〈巧克力情人〉

只溶於手。於是你不敢碰我
不溶於口。你的愛套著真空袋

這是多年前的一則巧克力廣告詞「只溶你口，不溶你手」。年輕人對愛情的嚮往，常喜歡把它比作苦甜參半的巧克力。這裡俏皮的反轉為「只溶於手。不溶於口」，怕的是一旦沾上手的黏溚溚，反而難以解黏去縛；於是不敢輕易碰觸。

而「不溶於口」，是因套著一層真空袋。這外層可指糖衣，亦可意有所指的是保險套或隔熱紙。糖衣對比內層的苦澀；真空可解釋為過度的自我保護，隔絕了任何介質；兩者之間皆是無法敞開心，彼此接納對方。愛與信任，延展的過程，多少會有些冒險的成分在，不敢以口表達，亦不敢大方擁愛入懷；豈有彼此同心一意契合的可能？

2.〈**孤狗**〉

落單的流浪犬仍想稱王，登高
一呼，黑森林裡的狼群亮著牙刃

廿一世紀網路虛擬的世界，Google搜尋引擎無所不在，人際關係串連的速度，形成的網路；看似熟絡緊密的世界；實則是薄淺不堪一擊。以諧音「孤狗」貼切地描繪面對冰冷的電腦前，每個孤寂的靈魂。

孤狗，即便急起直追，想來個網路大暴走；一呼之下，四方八面追殺而來的狼牙利齒，早已啃咬而下。網路亦如現實，每個人都在刷存在感；發聲與否，無涉於真實世界的運轉。

3.〈關錯鳥〉

那隻金絲雀，鎮日無憂啼唱
牠在嘲笑水泥間忙著開會發言的我們

金絲鳥以往總意謂著是高貴或體弱，適合人類豢養於籠中的觀賞鳥；雖心疼鳥被關不得自由的同時，相對於其他鳥類而言，或也會羨慕其毋須覓食討吃，躲避獵捕的優渥生活。

此詩，人與鳥角色互換。人為謀生對所存時空的挫折，懷疑自己是否放錯位置，投錯胎；鳥與人視角的互換，衍伸出關錯「鳥」的移情，實在是很嘲諷。

4.〈黃欒花〉

橫躺在落葉上的，有著無知的幸福
隨風飄蕩的金蕊卻喜孜孜，迎向未知

台灣欒樹每到秋後，由黃轉紅至赭色，欒花風中翻飛如蜂出巢，自由飛翔，未知落地之後的命運；是喜悅抑或是如其別名「金苦楝」（台語諧音「真可憐」）般；以無知的喜悅，對照落地之後的蔫萎。詩人又再一次以其擅長「諧音」之手法；引我有如斯附會的解析。

5.〈秋雨〉

颯颯地，秋雨終夜寫作
玻璃窗上悲壯的詩句，沒有版稅

富於意象及哲理的詩句，是我認為林彧能在詩中營造脫俗意境，讓詩具有反復咀嚼，令人深思的重要原因。

此首〈秋雨〉，以終夜颯颯不停止的創作，在玻璃窗上寫下悲壯的詩句；譬喻許多人在辛勤付出後，未必有相對應的代價；以「沒有版稅」說盡事與願違的無奈。很寫實，也很能牽動人心。

6.〈墓誌銘〉

有事嗎？
進來再說。

短短七字的「墓誌銘」，充滿黑色幽默的喜劇張力。人一死，陰陽相隔；寫再多歌功頌德或實事求是的生平介紹，不管是真是假，死亡者，隔著一方石碑，再也無力爬起為自己辯護。

與其如此大費周章，又是死無對證；倒不如「有事嗎？進來再說」；這種說法還真是絕倒，教人不會心一笑都難！

7.〈思想〉

我是記憶金屬，不會忘記成形的模樣
可以拉長，可以扯斜，可以捶扁

這首詩藉由科技研發的「記憶合金」特性，說明思想型塑的過程；可以拉長可以扯斜可以捶扁；卻不會忘記它中心主軸不變的思想。

記憶合金，是近代科技的發現，它的延展特性之外，另具有形狀記憶效應；亦即當其受到塑性變形後，可由加熱的方式恢復到變形前的原始形狀，是一種能夠記憶原有形狀的智能材料。

與此科技物理特性相同的是：人在思想形塑中，具有個人道德良知的存在及判斷。面對誘惑或生死交關時，能夠恢復人的本性；是因為思想中給了道德容身迴旋的餘地。

〈思想〉是一首嚴肅，由不得不陷入省思的話題；短短二行，沒有濫情，亦非囈語。

8.〈寫詩〉

你心中的沼澤有個難以拔救的人
不寫詩，你永遠不知道：你可以舉起自己

人，有可能沉溺在自我的想像，或悲傷或過度樂觀或渾渾噩噩；也可能是「天下本無事，庸人自擾之」。

人的內心，如同幽冥，如同深淵。惟有自己知道其中堆疊了什麼是不欲人知；或他人亦無法強行推門而入的「隔閡」；此隔，如陷流沙如沉泥淖。

詩人以詩，作為發抒作為救贖；作為超拔心情的一根稻草，一條捷徑。不寫詩，無由藉「詩」還魂。寫詩，方知詩中天清地晏，何其寬廣。

短詩鏗鏘有力；尤以最後一句：「不寫詩，你永遠不知道：你可以舉起自己」，多亮的一句詩眼；深得我心。

9.〈交談〉

語言是無形的種籽
從你的口中孵育後，在我腦中開花

人際關係中，文字符號之外，口頭語言是最直接的表達交流方式；進而由此而產生社會群體的共識過程。

理解語言的重要，讓人得以表達自己的想法，或進而控制周圍環境。這都是社會化中，不能輕忽「語言」的強大功能。

透過語言的聯繫，人能藉此表情達意，可以交換想法，累積情感。如同一句「ＳＯＳ」摩斯密碼；是人無法自絕於大眾外，對外求救的聲音訊號。相對於語言「微笑」、「顰眉」、「蹙額」……亦可視為無聲的語言，求助的信息。

所以語言，可以明示或暗喻；可以見風使舵，也可借坡下驢。語言是一粒無形的種籽，到處飄飛。但是否能安然停駐在聽者耳　，被明確表態或適當解讀；這都取決於聽的一方。

所以，語言形之於說者有心，聽者未必能解意；所以言者諄諄，聽者藐藐；何況是一時脫口而出的無心之言，表裡不一，華而不實的承諾？詩末，「從你的口中孵育後，在我腦中開花」，這「開花」一辭，何其神妙，令人拍案！

10.〈階前〉

夏雨只潑到黃泥路的三分之一
剩下的三分之二積滿了你的眼淚

這首〈階前〉，談的是雨，是淚；談的亦是未曾出現的腳步；隱藏其中，相思難解的情意。

夏雨如同甘霖，可以澆熄炙烈的渴盼，可以清涼心境，離苦得樂。此時此詩中的夏雨；卻是企盼得見而不見了的情人；也是未能登門叩應的幸福和想望。

階前，是臨陣退縮的好夢；階前，是眉睫間緊鎖不住滴下的淚與失望。這詩，讓人聯想到：

「尋好夢，夢難成。有誰知我此時情，枕前淚共階前雨，隔個窗兒滴到明。」

人生最難，難在無法掌握「情」的況味。未語先哽咽的是：階前滴答不息擾人的雨聲。

詩人借景傳情，一首〈階前〉盡在其中。

樹，擎天

二〇一九年初春三月，竟日繁瑣中，尋空常藉讀詩以梳理鬱結；林彧的詩，就是。在他即將集結《一棵樹》新詩集出版前，捧讀其詩，清心醒眼；詩如「春雨」（三顯堂精製凍頂烏龍茶名），有香氛繚繞，心緒氤氳；不時回甘回味，醒在舌尖心上。

「春雨」，是詩；春雨也是一棵樹；一棵孕育詩的落地發芽與抽長。以《一棵樹》為名，象徵詩抽長之後的蓊綠偉岸。

樹，亦如人；隨風跌宕，隨風起伏。樹，也須隨緣；其種籽，寄借環境不同，或在臨淵峭壁或在乾涸沙漠；一絲細縫，一方沙障；樹也要臨淵而舞，裂沙出土。《一棵樹》展讀之際，有一樹擎天破空的熾烈；也有一樹風靜，花開無聲的柔美。

詩，如樹；樹，如人。

林彧曾說：「歲月多舛，幸好有詩相伴；詩句雖短；卻足以懸掛一生」祝福詩人：遠路前行，有詩牽手。

文學叢書 600

一棵樹

作　　者　林　彧
總 編 輯　初安民
責任編輯　林家鵬
美術編輯　林麗華
校　　對　林　彧　林家鵬

發 行 人　張書銘
出　　版　INK 印刻文學生活雜誌出版股份有限公司
新北市中和區建一路249號8樓
電話：02-22281626
傳真：02-22281598
e-mail：ink.book@msa.hinet.net
網　　址　舒讀網http：//www.sudu.cc

法律顧問　巨鼎博達法律事務所
施竣中律師
總 代 理　成陽出版股份有限公司
電話：03-3589000（代表號）
傳真：03-3556521
郵政劃撥　19785090 印刻文學生活雜誌出版股份有限公司
印　　刷　海王印刷事業股份有限公司

港澳總經銷　泛華發行代理有限公司
地　　址　香港新界將軍澳工業邨駿昌街7號2樓
電　　話　(852) 2798 2220
傳　　真　(852) 3181 3973
網　　址　www.gccd.com.hk

出版日期　2019 年 6 月 28 日　初版
ISBN　978-986-387-303-7

定　價　360 元

國家圖書館出版品預行編目資料

一棵樹 / 林彧著；
--初版, --新北市中和區：INK印刻文學，
2019. 6　面；14.8 × 21公分.（文學叢書；600）
ISBN　978-986-387-303-7（平裝）
863.51　　108009688